JN270208

K R:B

あさの耕平
(GoRA)

Illustration
鈴木信吾
(GoHands)

講談社ＢＯＸ

Book Design　芥 陽子 (note)
©GoRA・GoHands/k-project

1

殺伐《さつばつ》とした荒野が広がっていた。

両足が踏みしめるごつごつとした地面が、彼方の地平線まで繋《つな》がっている。遮《さえぎ》る物は何もなく、乾いた大気が肌を撫《な》でる。頭上に広がる蒼穹《そうきゅう》は、あまりの深さに宇宙の漆黒《しっこく》を思わせるほどだった。

荒れ果てた、広大な空間。

素っ気なく冷淡で、孤独な世界。

だが、どこか清々《すがすが》しい。そこにはなんのしがらみもなく、どのような形の束縛もない。すべてが自らの力によって成り、己《おのれ》の意思のみが自らの未来を決する。厳正で、硬質で、茫漠《ぼうばく》として、自由だ。

だから、心の命ずるまま、走った。

意味もなく、しかし衒《てら》いもなく、思い切り駆けた。

足に伝わるのは、堅い大地の感触。髪をなびかせるのは、埃《ほこり》っぽい枯れた風。吐き出す息が熱い。熱が体内に充満し、溢《あふ》れている。苦しい。なのに、顔は綻《ほころ》んでいた。心と身体《からだ》が浮き立っていた。

肉が躍動し、骨が唸《うな》り、血流が駆け巡る。身体中の細胞が瑞々《みずみず》しい何かで充たされていく。

全力で手足を動かし、思い切り大地を蹴りつけた。どこまでも、どこまでも、力一杯走り続けた。それでもなお世界は広い。圧倒的に、広い。目眩《めまい》がするほど高く、底抜けに深かった。

自由だ。

気がつくと心が解き放たれていた。ちっぽけな身体と広大な世界が、魂を介して、ひとつになった。

自分はいつかここに来るのだ。ずっとそう思っていた。

自分はいつかここに来れるだろうか。ずっとそう願っていた。


そんな場所はどこにもないのだと、どうしても認められないまま。

†

形のない苛立《いらだ》ちが、周防尊《すおうみこと》を侵食していた。

蒸し暑い、真夏の深夜。周防がいる路地には、どこからともなく無数の声が響いていた。

怒号。蛮声。悲鳴。そして、それらを貫いて届く銃声。

だが、もっとも派手に鳴り響くのは、夜気《やき》を炙《あぶ》って激しく燃え盛る、炎の音だろう。周防が率いるチーム《吠舞羅《ほむら》》が牙を剝《む》くとき、常にその戦場に流れる音だ。破壊の不協和音は路地に反響し、闘志と狂気の熱を彼のもとまで伝えていた。

周防は歩きながら煙草《たばこ》を取り出して火を付けると、ゆっくりと肺に吸い込み、吐く。

路地の奥に向かうほど、不協和音は大きくなっていった。

辺りを照らしているのは、頼りない街灯の明かりだ。しかし、向かう先では、ビル壁に不気味な明かりが反射し、瞬《またた》いている。銃火と炎。よく見れば、付近の壁や地面にも破壊の跡が残っていた。

不燃物の焦《こ》げた臭気が鼻を衝《つ》き、日中の太陽とは異なる余熱が、剝き出しの二の腕にまとわりつく。濃厚な暴力の気配。しかし、周防の表情は眉ひと筋動かない。どこか義務的な空気を漂わせ、黙々と歩いていく。

と、路地の暗がりで何かが蠢《うごめ》いた。

人だ。倒れていた男が、呻《うめ》きながら身動《みじろ》ぎした。周防の視線が、億劫《おっくう》そうに移動する。

どうやら気を失っていたらしい。よく日に焼けた肌と彫りの深い顔立ちは、日本人のものではない。着ているスーツは破れ、派手な焦げ跡が目立った。

男はよろよろと身を起こしたが、すぐ側に立つ周防に気付くと顔面を引きつらせた。

「ひっ」

と短い悲鳴を上げ、手にしていた拳銃を突きつけた。

自らに向けられた銃口を、周防は興味のない目つきで眺める。おもむろに煙草を吸い、吐いた。

「……止《や》めとけ」

低く太い、乾いた声。それでいて不思議な艶《つや》のある声だ。

対して、男は両手で拳銃を構え直すと、ひっ、ひっ、と浅い呼吸を繰り返した。

強面《こわもて》の、おそらくは日常的に暴力と接してきたはずの男である。しかしいま、男の両目からは冷静な判断力が欠落していた。残っているのは、理不尽で不可解なものに対する、単純な恐怖。

煙草をくわえ直した周防の唇が、舌打ちめいて歪《ゆが》んだ。

ほんのわずかだけ、「力」の箍《たが》を弛《ゆる》める。

直後、男が喚《わめ》きながら発砲した。

パンッ、と乾いた銃声が弾《はじ》け、発火炎《マズル・フラッシュ》がギラリと閃《ひらめ》く。だが、ほとんど同時に、銃火を遥《はる》かに上回る光が、両者の間で渦《うず》を巻いた。

炎――いや、炎の姿を取った、高密度の「力」の塊《かたまり》だ。放たれた弾丸は突然現れた炎に呑《の》み込まれ、炎と共に消失した。一瞬の出来事。しかしその鮮やかな炎は、見る者の脳裏に焼き印の如く刻まれる。

男はけたたましい叫び声を上げると、拳銃を放り出して逃げ出した。化け物、という悲鳴が路地に木霊《こだま》する。周防は表情を削《そ》ぎ落とした顔で、逃げる男の背中を眺めた。それから、大きく煙を吸い、吐き出した。

風のない路地に紫煙《しえん》がたゆたい、湿度の高い夜気に溶けていく。無意識のうちに目が煙を追い、周防はあごをもたげて頭上を見上げた。

この周辺は古いビジネス街だ。立ち並ぶ雑居ビルはコンクリートの壁となって、夏の夜空を狭《せば》めている。穴の底、あるいは檻《おり》の中にでもいるようだ。音と熱が澱《おり》のように濁《にご》る路地から、吐き出した細い紫煙だけが澄んだ空へと優雅に逃げていく。残された周防の体内で、苛立ちが濃縮される気がした。

周防は荒っぽく煙草をくゆらすと、何かを踏みしだくような足取りで靴底を鳴らし、再び歩き出した。

路地の奥へ。

やがて路地が途切れ、開けた場所に出た。旧街道沿いに建てられた倉庫と、その前に用意された大型車輛用の駐車場だ。たちまち、路地に倍する音と熱とが、津波のように押し寄せてきた。

大勢の男たちが二手《ふたて》に分かれて争っている。

片方は、倉庫に陣取って銃撃を続ける、歳も人種もバラバラの集団だ。叫び声には英語や中国語も交じっている。《吠舞羅》の参謀、草薙出雲《くさなぎいずも》の情報によれば、今年に入って鎮目町《しずめちょう》界隈《かいわい》に出入りするようになった東南アジア系の犯罪組織――マフィアの連中らしい。ドラッグと銃器の売買が主なビジネスと聞いていたが、いま手にしている銃もおそらく商品の一部なのだろう。

一方、停車しているトラックを塹壕《ざんごう》代わりに攻めているのは、ストリートファッションに身を固めた若者たちだ。まだ若い――未成年者すら少なからずいる集団である。銃器の類《たぐ》いは一切所持しておらず、せいぜいがナイフや鉄パイプといった徒手空拳《としゅくうけん》に毛が生えた程度だった。本来なら武装したマフィアとまともに争えるような戦力ではない。しかし彼らは、路地に散開していたマフィアたちを次々に後退させ、ついには倉庫にまで追い込んだのである。

彼我《ひが》の圧倒的戦力差を埋めているのは、彼らが持つ「力」。彼らが手足のように操っている、炎の姿をした「力」だった。他でもない、周防が与えた「力」だ。

特異現象誘発能力保持者。

その中でも周防は、世界中で七人しか存在しない、Ｅｘ－Ａ《エクストラ・アルファ》個体――俗に「王権者」、あるいは単に「王」と呼ばれる存在だった。彼が力を分け与えた自らの「クラン」こそ、ストリートギャング《吠舞羅》だ。

第三王権者、赤の王、周防尊に率いられた、赤のクラン《吠舞羅》。

武装したマフィアを追い詰めているのは、そんな能力者たちの集団なのだ。

「尊さん！」

駐車場に現れた周防に気付き、メンバーの一人が駆け寄って来た。チームでは古参の、鎌本力《かまもとりき》夫《お》だ。

「済みません！　尊さんが来るまでには終わらせたかったんスけど、あいつらマシンガンまで持ち出してきやがっ――」

言下に、これまでとは異なる連続した銃声が轟《とどろ》いた。ハンドガンのものではない。鎌本の報告通り、自動小銃――おそらくアサルトライフルの類いだろう。《吠舞羅》のメンバーたちが慌ててトラックの陰に飛び込むのが見えた。

「くそっ！　怯《ひる》んでんじゃねえ！　炎で壁作って突っ込むぞ！」

「バカっ。正面じゃなく、裏に回るんだ！」

メンバーたちの怒鳴り声が銃声の中から聞こえてくる。

激しい銃撃に晒《さら》されながらも、《吠舞羅》メンバーたちの意気は衰える様子を見せなかった。それどころか、思うさま「力」を行使する高揚感に、喜び、はしゃいでいるようにすら感じる。誰しもが精気に満ち、目を輝かせていた。

激しい闘志と狂気。路地にまで伝わって来ていた熱が、いまは辺りに充満していた。

周防は微《かす》かに顔をしかめた。

血が疼《うず》くのだ。全身をジリジリと炙る熱気は、まるで周防を挑発しているかのようだ。周防の中の「力」が、仲間たちと同じように解放を求めている。

と、そのとき倉庫の窓から閃光《せんこう》が走り、鋭い音を立ててアスファルトに火花が飛んだ。周防の足下。立て続けの着弾が縫うように蛇行し、路面が砕かれて破片が跳ね回った。「うおっ⁉」と鎌本が焦りながらドタバタと足踏みした。

「やべえ！　尊さん、下がって下さい！」

慌てて叫ぶ鎌本を余所《よそ》に、周防は倉庫に視線を投げた。距離はおよそ二百メートル。十分に射程距離だ。周防は煙草をくゆらせた。身体の奥が疼く。「力」の衝動がのど元まで迫《せ》り上がってくる。

周防の「力」は炎だ。

それは、根本的に束縛を嫌い、自由を欲する。

「尊さんっ！」

鎌本が促したとき、再び銃弾が飛来した。頭上を飛び越えた銃弾が、背後のアスファルトに着弾する。「ちくしょう！」と怒鳴りながら鎌本が周防の前に飛び出した。我が身を盾にして王を守ろうとする。

しかし、

「……鎌本。下がれ」

周防はぼそりと告げると、靴音を立てて一歩踏み出した。鎌本は何か言おうと振り返ったが、周防を見ると言葉を呑み込んだ。そして、周防の磁場に押されるかのように、自然と脇に下がっていた。

二歩、三歩と前に出る。煙草を吐き捨て、踏みにじった。直後に、またしても銃弾が側を掠《かす》める。思わず微笑が浮かんだ。血が滾《たぎ》っていた。

いいだろう。

周防の全身から、真っ赤なオーラが迸《ほとばし》った。

周防を彩るオーラは燃え盛る火柱と化して、辺りの闇を駆逐する。熱波が周囲を蹂躙《じゅうりん》し、湿った夜気が一瞬で焼き払われた。が、何よりも鮮烈なのは、その強大な存在感。そして、同じ人間とは思えない、炎の巨人の如き威圧感だった。

熱狂して戦っていた男たちが、一斉に息を呑み振り返る。

そして、一拍おいたのち、それまで以上の雄叫《おたけ》びを上げた。ただし、ある者は恐怖の、ある者は歓喜の雄叫びだ。

周防のオーラは爆発的に広がり、辺り一帯を占拠する。蓋然性偏向場《がいぜんせいへんこうば》――聖域《サンクトゥム》と呼ばれる王の「場」だ。さらに、放出された「力」は上空へと噴き上がり、ある一点に集中、圧縮されて「形」を成す。

王権者が有する莫大《ばくだい》な「力」の放出に伴い、空高くに顕現する巨大な「剣」。「力」の結晶にして王威の象徴たる剣状のエネルギー体は、その現象が秘める「とある可能性」から、古代ギリシアの故事に倣《なら》い《ダモクレスの剣》と呼称されていた。

《吠舞羅》のメンバーたちが息を呑んだ。

そして、

「血も骨も灰までも燃やし尽くせ《ノーブラッド・ノーボーン・ノーアッシュ》！」

と、まさに狂ったように声を張り上げ、拳《こぶし》を空に突き上げた。

王が掲《かか》げる《ダモクレスの剣》は、クランズマンにとって「力」の源泉、象徴であり、錦《にしき》の御《み》旗《はた》である。自らと仲間の、誇りだ。猛々しく暴力的な、しかし透き通るほど純粋な若者たちの叫びが、真夏の夜を制覇せんほどに殷々《いんいん》と木霊した。

だが——

足りない。

いい。

まだ足りない。「力」が。想いが。熱が。身内から湧き上がる赤い波動は、まだまるで出し切れていない。もっと、もっと。もっともっと、もっと。マグマのように煮えたぎる「力」を、「力」の望むまま吐き出したい。どこまでも、ずっと、限界まで。いや、いっそ限界をも超えて、壊れてしまうまで駆け抜けていきたい。

それは目も眩《くら》むばかりの欲求。渇望だ。

炎が躍る。

火の粉が舞う。

周防の火焔《かえん》がさらに勢いを増した。さらにさらに勢いを増していった。比例するように、《吹舞羅》のボルテージが跳ね上がる。熱気はいまや灼熱《しゃくねつ》の渦となり、形ある物すべてを溶解させるかと思わせた。もっとも側にいた鎌本が、耐えきれずによろめき、尻餅をついた。周防の全身が炎と一体化し——瞬間、遥か上空の《ダモクレスの剣》に、ピシリと細かな亀裂が走った。上等だ。すべてを薙《な》ぎ倒し、何もかも吹き飛ばして、それで終われるならいっそ小気味よい。

が——


「——キーング」


場にそぐわない軽やかな声がした。

周防がハッと、放しかけた手綱《たづな》を締める。まさに解き放たれようとしていた「力」が一挙に荒れ狂った。

周防はそれを力尽《ちからず》くで抑え込むが、閉じ込められた「力」は周防の中で一気に内圧を上げた。ミシッと《ダモクレスの剣》が軋《きし》み、大きく——まるで不服を申し立てるように、刀身がひび割れる。

「勘弁してよ。熱くて干涸《ひから》びちゃうよ」

どこか頼りないその声は、しかし、「力」の乱気流をするりとすり抜けて周防の内側に到達した。反射的な激情は抑えがたかった。熱して溶けた鉛《なまり》のような視線を、声の主に突き立てた。殺気を孕《はら》む暴力衝動は、それ自体質量を備えているかと思えるほどだ。が、青年はにへらと笑うと、周防の眼光に肩を竦《すく》めて見せた。

《吠舞羅》の幹部、十束多々良《とつかたたら》。

およそ暴力とは無縁としか思えない、優しげで中性的な青年だ。しかし十束は、暴発寸前の王を前にして、臆する素振りもなく微笑《ほほえ》んでいる。

周防はしばらくの間、すべての骨格筋を緊縮させて立ち尽くした。

それから、全身の力をわずかに抜いた。限界だった内圧を慎重に下げるように。

周囲を見回す。

すでに一帯の空間は、はち切れんばかりの「力」に充ち満ちている。王を戴くクランズマンは、聖域《サンクトゥム》の中では普段以上の「力」を発揮することができる。ここまで五分五分の戦況だったなら、これで敵に勝ち目はなくなっただろう。

これ以上は必要ない。

「…………」

周防を呑み込んでいた火柱が、ゆっくりと夜気に溶けた。敵と味方。その場にいる全員の視線を浴びながら、周防は煙草を取り出して火を付けると、ゆっくりと肺に吸い込み、吐いた。

「……燃やせ」

短く命じる。

応《こた》える声は勇猛果敢《ゆうもうかかん》で、勝敗の行方を明示するようだった。鎌本が飛び跳ねるように起き上がり、前線に駆け出していく。彼だけではない。《吠舞羅》のメンバーはトラックの陰を飛び出し、我先にと倉庫へ押し寄せた。

しかし、周防はそちらを見ようともしなかった。いまなお荒ぶる様々な衝動を、唇を結び、必死にやり過ごした。

「……キング？」

十束が、案じるように尋ねる。周防は十束から目を逸《そ》らしたまま、「ああ」と辛《かろ》うじて生返事をした。

「水差しちゃったね」

すべてわかった上でなお、言わずにいられなかったらしい。十束らしい謝罪に、硬かった周防の表情が解《ほぐ》れた。同時に、心がバランスを取り戻す。

「……あとは任せる」

「オッケ。と言っても、俺の出る幕はないけどね」

王の威風を目の当たりにしたクランズマンたちは、一気呵成《いっきかせい》に倉庫を攻めていた。戦闘は直《じき》に終わるだろう。周防はゆっくりと煙草を吹かす。

「ごめんね」

「……あ?」

「いや、ほら。一応。気持ちとして」

「何言ってんだ、お前」

あははと笑う十束に、周防の強張《こわば》りが、徐々に徐々に解けていった。周防はいくらか意識して、苦々しい微笑を浮かべた。

苛立ちはいまなお燻《くすぶ》っている。それはもう少し時間をかけて燻り、やや総量を減らしながらも、周防の底に沈殿するはずだった。いつものことだ。己を侵食する形のない苛立ちと、周防はもう何年も前から、騙し騙しつき合っていた。王の火をもってしても、焼き払うことのできないものは存在するのだ。

「ったく……」

どうして王になどなってしまったのか。三年前のあの日から幾度となく繰り返した自問が、またしても胸に去来する。

ただ、そのときだった。

気配があったわけではない。何かを感じたというのとも違う。

しかし、周防は不意に首をもたげて、直感に導かれるまま夜空のある方向を見据えた。

東の空だ。

「――え?」

と十束もわずかに遅れて、周防と同じ方向に首を捻《ひね》る。

二人の遥か頭上には、周防の赤い《ダモクレスの剣》が浮遊している。

そして……気のせいかもしれない。二人が見つめた夜空の彼方で、青い光が瞬いた気がした。

まるで流れ星か何かのように。

「……何？」

「…………」

ぽつりとこぼれた十束の台詞《せりふ》に、周防は無言で応えない。ただ、鋭い眼差《まなざ》しを空の彼方に向け続けていた。

戦いはまだ続いている。

しかし周防はしばらくの間、なぜか視線を逸らすことができなかった。

†

「青の王？」

「せや。長いこと空位やったけど、とうとう出てきよったそうやで」

カウンターから聞き返す十束に、草薙はキュッキュとグラスを磨《みが》きつつ首肯した。

鎮目町のとある街角にある、レトロな佇《たたず》まいのバー『ＨＯＭＲＡ』。板張りの広い店内には年季の入ったカウンターの他、アンティークな雰囲気のソファやテーブルが用意されている。バックバーに並べられた色とりどりのボトルの列は、いかにもオーセンティックな趣《おもむき》だ。

しかし、洒落《しゃれ》た造りとは裏腹に、『HOMRA』は一二〇《ヒトフタマル》協定で認められた赤のクランの王権者属領であり、ストリートギャング《吠舞羅》の幹部がたむろする、周防の根城でもあった。オーナー兼マスターは草薙。まだ二十四の彼だが、元々は叔父が経営していた店を引き継いだのだ。

「ふーん。……にしても、相変わらず情報が早いね」

「そういうのに気ぃ使うん、俺ぐらいやからな」

「まあ、うちはキングがキングだからねぇ」

「お前かて、もうちょっと気ぃ使ってもええねんで？　一応うちのナンバー3や」

「ありゃ。藪蛇《やぶへび》だった」

悪びれた風でもなく、十束が舌を出す。草薙はやれやれと肩を竦めた。

草薙は長身の優男《やさおとこ》だ。髪は染め、普段から色の薄いサングラスを掛けている。スマートな遊び人といったルックスだが、実際はなかなかの苦労人である。《吠舞羅》の主立ったメンバーの中では最年長で、そのせいか飄々《ひょうひょう》とした世慣れた感があった。

一方、十束は無邪気な子供っぽさが目立つ青年だ。端正な顔立ちはどこか女性的でもあり、左の耳に付けたピアスが似合っている。ストリートギャングの幹部ではあるが、暴力的という印象からはもっとも遠いタイプだろう。

周防、草薙、十束の三人は、周防が王として選ばれる以前からのつき合いだった。周防が王として目覚めたとき、草薙と十束は彼の最初の臣下――クランズマンとなった。いまから三年前。周防が十九のときだ。

「前の青の王様が死んだのって、例のクレーターができたときだよね？」

「いわゆる迦具都《かぐつ》事件やな。先代の赤の王が暴走して、日本の地形変えてもたやつ。先代の青の王は、あのとき死んでるはずや」

「そっか。じゃあもう十年以上前だ」

十束はカウンターにだらしなく寄りかかり、遠い眼差しになった。

十年以上も前の出来事とはいえ、迦具都事件の際の騒ぎは二人ともよく記憶している。何しろ、関東南部に突如として巨大なクレーターが出現し、何十万人もの被害者を出した大事件だ。事件の真相に関しては諸説唱えられているが、真実を知っているのは王とその臣下たちだけである。

「新しい、王様ねえ……」

誰に言うでもなく、十束はぽつりとつぶやいた。草薙も返事はせずに、黙ってグラスを磨き続ける。それから、しばらくしてひと段落付いたのか、休憩するように煙草を取り出した。

午後一時。普段は入り浸っている《吠舞羅》のメンバーたちも、この時間帯から顔を出すことは少ない。深夜まで騒がしい『ＨＯＭＲＡ』では、むしろいまのような日中の方が静かにのんびりと過ごすことができた。

夏の陽光は天頂から垂直に降り注ぎ、店内にはあまり入って来ない。窓は目映《まばゆ》い白光で埋められ、外の灼熱と屋内の涼やかさを鮮やかに切り分けていた。

「……あれ？　ねえ、草薙さん。青の王が現れたってことはさ？　《セプター４《フォー》》も復活するの？」

「わからん。けど、その可能性は高いやろな」

ふー、と唇をすぼめて煙を吐きつつ、草薙は素っ気なく答えた。ただ、その面持ちは神妙で、彼が近い将来の厄介事を予感しているのが窺《うかが》えた。

その表向きの名称は、「東京法務局戸籍課第四分室」という。その名の示す通り政府機関の一事務室であり、その業務は「特殊な外国人等の戸籍管理」とされている。

《セプター4》。

ただし、その実態は「対能力者治安組織」だ。

特異現象誘発能力保持者――俗に言う能力者は、現代社会においては酷《ひど》く面倒な、そして危険な存在だった。強力な力を有しながらその判別は困難であり、法的に取り締まろうにも、現実的に何らかの規制を強いる手段がほとんど存在しない。言ってしまえば、いつ、どこでも使用できる銃器を持った人間が、なんの資格も法的責任もないまま野放しにされているようなものなのである。

もっとも、能力者の多くは、王から「力」を分け与えられて――もしくは王の導きによって――その特異な能力を獲得する。そのため、彼らの大多数は王を頂点としたクランに所属しており、結果として一定の統制下に置かれることとなる。むろん、各王の意向によってクランの性質は変化するが、王権者間においては社会的混乱やクラン間の抗争を抑制するべく一二〇《ヒトフタマル》協定が結ばれており、クランズマンによる無軌道な行動も抑止されているのだった。

ただ、それでもクランズマンが「力」を用いて犯罪行為に走る例が、まったくないわけではない。

また、能力者の中には、王に関わらず自然発生的に「力」を得る者が、一定数存在している。「ストレイン」と呼ばれている者たちだ。彼らはクランに属さないが故に、一二〇《ヒトフタマル》協定はもちろん、クランズマンの暗黙の了解といった「能力者界隈の常識」を意に介さない——もしくは、そもそも知らないというケースが多かった。

そして、そうしたストレインの管理、監督、また能力者による犯罪の取り締まりを行っているのが、件《くだん》の《セプター4》なのだ。

もっとも、これは青の王が健在だったころの話だ。というのも、《セプター4》は対能力者治安組織としての顔以外に、「青の王が率いる青のクラン」という一面を持っているからである。

結局のところ、「力」を持つ犯罪者を制圧し捕縛するには、同じく「力」を持つ能力者をぶつけるのが一番効果的なのだ。そして、代々の赤の王が「破壊」に根ざした「力」を有するように、青の王は「秩序」に基づく「力」を顕現させる。能力者の治安を司《つかさど》る者として、青の王とそのクランは、もっとも適していたのだった。

しかし、十一年前の迦具都事件において、先代の青の王は死去している。

その後《セプター4》は王不在のまま職務を遂行し続けていたのだが、去年、ある事件をきっかけに活動を休止。職務を他のクランに委譲し、半ば解体される結果となった。ちなみに、その「ある事件」には《吠舞羅》も少なからず関わっている。

「まあ、うちと《セプター4》とは色々あったけど、客観的に言うて、あれはあれで必要な組織や。実際、《セプター4》が解散してから、ストレイン絡《がら》みのトラブル、増えとるしな」

「でも、おかげでうちは儲《もう》かってるじゃない」

「そらそうやけど……どうも最近は、色々悪影響も出とる気がしてな」

「うちに？」

「……お前は感じんか？」

草薙が問いかけて視線を向けると、十束は、うーん、と返事に困ったような顔で口を濁した。

草薙の言わんとしていることは、なんとなくわかっているらしい。

大々的に看板を掲げているわけではないが、《吠舞羅》はかねてからストレインの揉《も》め事《ごと》専門でトラブルシューターのようなことを行っていた。

これは、元を正せば周防の仕事が発端《ほったん》だ。周防は高校卒業後しばらくの間、鎮目町の裏社会周辺で用心棒《バウンサー》の真似事《まねごと》をしていた。特に、王として覚醒《かくせい》したあとは、ストレイン絡みのトラブルに対応できる用心棒として、様々な組織から重宝されたほどである。そしてそうした需要は、《吠舞羅》が台頭し、裏社会で一大勢力となった現在でも変わっていない。それどころか、以前よりさらに増加する傾向にあった。いまではさすがに周防自らが出向くことは少なくなったが、求めがあれば《吠舞羅》メンバーが代行する形を取っているのである。

元々、鎮目町にはストレインが多い。表通りこそ隅々まで整備され、巨大な街頭ビジョンが掲げられているが、一ブロックも奥に入れば旧繁華街を中心に法に触れる類いの商売が横行しているのが鎮目町だ。暴力団はもちろん、海外のマフィアも少なからず根付いている。それだけに、様々な立場の人間が無数に出入りしており、得体の知れない者——たとえばストレインのような——

にとって、居場所を得やすい土地柄なのだった。当然、ストレイン絡みのトラブルも多発しているのである。

「もちろん、うちかて所詮は不良の集まりや。お行儀が悪いんは、当たり前っちゃ当たり前やけどな……」

《吠舞羅》はストリートギャングとして成立しているだけに、「鎮目町は自分たちの縄張り」だという意識が強い。鎮目町でストレインが暴れれば、率先して出張っては、力尽くで騒ぎを鎮めてきた。良くも悪くも「実績」がある上に、その手の「依頼」に応じることにも抵抗がなかった。ストレイン絡みのトラブルシューティングは、《吠舞羅》にとって無視できない収入源となっているのだ。

ただ、

「最近は、悪い意味で『調子に乗ってる』とこが目についてなあ」

そう、草薙は仏頂面《ぶっちょうづら》でぼやいた。

こと能力者間に限って言えば、《吠舞羅》は鎮目町を牛耳《ぎゅうじ》っていると言っても過言ではない。赤の王周防尊という絶対的な存在を背景に、力による支配が行き渡っているのだ。そしてその支配は、トラブルシューティングなどの仕事を介して、暴力団やマフィアにも及んでいる。

そうした鎮目町の状況は、多くのストレインにすれば、必ずしも悪いことではなかった。

クランというコミュニティを持たないストレインは、往々《おうおう》にして裏社会に利用されがちである。その点、《吠舞羅》の目が光る鎮目町では、ストレインが犯罪組織に利用されるケースは少ない。

他の土地では何かと生きづらいストレインたちも、鎮目町でなら——最低限のルールやしきたりを守ってさえいれば——ある程度平穏《へいおん》に暮らしていくことができるのである。実際、《吠舞羅》の評判を聞きつけ、他の地域から移り住むストレインも増加傾向にあった。

ただ一方で、鎮目町における《吠舞羅》は、否応《いやおう》なくある種の「権威」となりつつある。そして、そのことを悪い意味で意識し、態度を大きくする者が《吠舞羅》内に増えつつあるのだった。

「まあ、ある程度しゃあない部分もあるんやけどな？　《セプター4》がのうなってからこっち、なんだかんだいうても能力者のいざこざを一番こなしてるんは俺らや。そら、周りからはちやほやされるやろし、天狗《てんぐ》になるんもわからんわけやない。ただ、元々頭も柄も悪いんばっかりやからな。一回勘違いしたら、質《たち》が悪いいうか」

そうした傾向は、古くから《吠舞羅》に貢献してきた古参より、むしろ新参のメンバー、特に周防から遠い位置にいる者ほど顕著だった。『ＨＯＭＲＡ』にたむろしているような《吠舞羅》の主要メンバーは、以前と些《いささ》かも変わらないのだ。しかし、逆に周防や主要メンバーとの接触が少ない者ほど、膨れあがる《吠舞羅》のイメージに引きずられ、自身が《吠舞羅》の一員であることを鼻に掛ける傾向が強かった。

しかも悪いことに、周囲もそうした態度を認めざるを得ない——どころか、積極的に応じている風潮なのである。

「ここだけの話……この前のマフィアとのいざこざも、きっかけは《吠舞羅》《こっち》にあった、みたいな話も聞くしな」

「え？　それがほんとなら、さすがに不味《まず》いね」

「いまんとこ確証はないけどな。きっちり調べよ思っとったとこに、青の王が出て来てしもて、結局うやむやなままや。……まあ、悪党喰《く》いもんにするんはいまさらやけど、最低限の仁義いうか、それなりの筋は通さんとな。ミイラ取りがミイラになりかねん。いまの《吠舞羅》は、特に」

独りごちるようにつぶやいてから草薙は口を曲げ、「どうにも最近愚痴《ぐち》っぽうてあかん」と嘆いた。「それも愚痴だね」と十束から楽しげに指摘され、いよいよ口をへの字にする。

「けど……そうだね。『ＨＯＭＲＡ』に顔出してる面子《メンツ》は、癖は強くても基本的に良い子が多いから。《吠舞羅》が本来どういう集団なのか、ときどき忘れちゃうもんね」

「チンピラ崩れに『良い子』もないもんやが、他人事《ひとごと》みたいに言わんとき。新入りの教育は、お前の担当やろ？」

「あ。またしても藪蛇」

「ったく……まあ、こんだけ大所帯《おおじょたい》になってくると、なかなか下の方までは目が行き届かんわな」

そう言って、草薙は苦笑交じりのため息を吐いた。

王権者が特定の人物に「力」を与え、新たなクランズマンとしてクランに迎える際には、「インスタレーション」と呼ばれる通過儀礼が存在する。具体的な方法は王によって異なっており、周防の場合は「炎」だった。周防が作る炎を、自ら手に取り、受け容《い》れた者のみが、「力」に目覚め、クランズマンとなることができるのである。失敗すれば良くて大火傷《おおやけど》、下手をすれば命に関わる荒っぽいインスタレーションだ。

それだけに、望んで赤のクランに入ろうとする者は決して多くはないのだが、周防は他の王と異なり、来る者を拒まない。生死に関わる覚悟さえあれば、誰でもチャレンジすることができる。結果、《吠舞羅》が急激に勢力を増すのに比例して赤のクランに憧《あこが》れる命知らずも増え、インスタレーションを通過した者たちが大勢出現しているのだった。

基本的に血の気が多い《吠舞羅》メンバーの中で、十束は例外的に人当たりが良く、また面倒見が良い。そのため新入りの世話を焼く役回りなのだが、現状ではお世辞にも上手くこなしているとは言いがたかった。

「やっぱり俺って『力』が弱いからさ。そういうの求めてうちに入って来た子たちには、なんか足下《あしもと》見られちゃうんだよね」

「そないなことヘラヘラしながら言わんとき。言うたかて、お前が負けるような新人がおるわけちゃうやろ？　むしろ、そないに軽々しゅう卑下《ひげ》する態度が、甘く見られる原因や。たまにはピシッとしいや」

「そう言われても、性分《しょうぶん》だしなあ」

眉根を寄せる草薙に、十束はあっけらかんとして笑った。

事実、草薙同様最古参のクランズマンであるにもかかわらず、十束の「力」は極めて弱い。その分「力」の扱いの精密さ、器用さにおいては優れているのだが、およそ戦闘には向かないタイプだ。

それでいて、荒くれ者たちに臆することなく、逆に友情や信頼を勝ち得ている点にこそ十束の真価があるのだが……彼ら口にした通り、「力」や「権威」に惹かれて《吠舞羅》に加わった者たちからは、軽んじられることが多かった。十束にしても、妙に人懐《ひとなつ》っこく世話焼きな一方で、興味のない者にはドライな面があり、あっさりと距離を取ってしまうのである。

「とにかく、草薙さんが言いたいのは、《セプター4》が復活したら、下の連中もいまより引き締まるだろう、ってこと？」

「……やったらええなとは思とるんやけど……そうそう上手くはいかんやろな」

「どっかで衝突しちゃう？」

「まだわからん。新しい青の王がどんな人物かにもよるやろ。当面は大人しう様子見《ようすみ》が正解やな」

「なかなか気苦労が絶えないねえ」

「せやから、他人事みたいに言いなや」

相変わらずどこか呑気《のんき》な十束に、煙草をふかしていた草薙が、思わずといった様子で笑みをこぼした。

「ちなみに、青の王のこと、キングには？」

「言うた。例によって『……そうか』のひと言や。あのぐうたらが、もう少しでも人並みに気ぃ回してくれたら、余計な心配せんで済むんやけどな」

「それは草薙さん、無い物ねだりってやつだよ」

「ご高説《こうせつ》ごもっともやが、お前がしたり顔で言うことやあらへんで？」

「だってうちのキング、他の王様との勢力争いとか、ちっとも興味ないじゃない。……あ、だったら無益な衝突を避ける意味でも、いっそこっちから青のクランに親睦会《しんぼくかい》でも申し込んでみる？《吹舞羅》のメンバー全員、強制参加でさ？　いまの季節なら、大盆踊り大会とか」

「……まあ、案外《吹舞羅》の綱紀粛正《こうきしゅくせい》にはなるかもしれへんな。尊の盆踊りにつき合わされたら、全員、背筋伸びるやろ。色んな意味で」

「俺、絶対腹抱えて笑っちゃう」

「《吹舞羅》に妙な期待持って入って来た連中が、どんな顔するか見物《みもの》やな。ついでに酒注《つ》いで回らせよか。第三王権者直々の酌《しゃく》や。拒むもんもおらんやろし、『ＨＯＭＲＡ』の在庫がだいぶ捌《さば》けるわ」

最古参の幹部二人に真顔でこれだけ扱《こ》き下ろされる辺りが、周防の「王」としての限界ではあるのだろう。もっとも、草薙にしろ十束にしろ、周防が完璧な王であったなら、わざわざ自分が骨を折ろうとは考えもしなかったに違いないが。

と――

鎮目町の支配者たちが実もない馬鹿話をしていると、店内に小さく軽い足音が響いてきた。バーの二階に通じる階段。降りてきたのは、一人の少女だった。

「あれ、アンナ。起きてたんだ」

まだ幼い、せいぜい小学生ぐらいの少女だ。にこやかに声をかける十束に対し、表情の薄い顔で――しかし真面目《まじめ》な仕草で、小さくコクリと頷《うなず》いた。

精巧に造られた人形のように、華奢《きゃしゃ》で繊細な、整った容姿の少女である。恐ろしく肌が白く、また、長く伸ばした髪も白い。それでいて円《つぶ》らな瞳は、深みのある赤色をしていた。赤と黒を基調としたゴシック・アンド・ロリータ調の服が、これ以上ないほど似合っていた。

櫛名《くしな》アンナ。こう見えて歴《れっき》とした《吠舞羅》のメンバーであり、赤のクランのクランズマンだ。それも、新参《しんざん》の下っ端とは違い、重要なメンバーの一人だった。

「アンナ。尊は？」

「――まだ、寝てる」

「やれやれ。良いご身分や」

「――疲れてるみたい。だから……」

「わかっとる。無理に起こしたかて、ろくな目に遭《あ》わへんしな」

言葉少なに言うアンナに、草薙は優しく言って肩を竦めた。そんな草薙の軽口に、アンナは微かに――おそらくは草薙の気遣《きづか》いに応えたくて努力して――笑みを浮かべた。

アンナは赤のクランのクランズマンだが、以前はストレインだった。それも感応能力に優れた、かなり特殊な能力者だったのである。

ただ、優れた能力者であることは、アンナのような幼い少女にとって、必ずしも幸運であることを意味しない。幸い周りの大人たちには恵まれて育ったが、それでも一時期は、周囲に心を閉ざしていた。いまもまだ話すのが得意ではなく、言葉が少なかった。

アンナが背伸びしてカウンターのスツールに座ると、十束はちらっと草薙に、問いかけるような視線を投げた。草薙はすぐに了承して「もちろん、知っとるよ」と笑った。

「てか、そもそも最初に青の王に気付いたんはアンナなんやで？　それで慌てて調べたんや」

「なんと。それはアンナ、お手柄《てがら》だったね」

十束が感心したようにアンナを見ると、少女は微かにうつむいた。照れているらしい。

実は、《セプター4》が解散するきっかけとなった「ある事件」のキーマンとなったのは、このアンナなのだ。彼女は《セプター4》や青の王とは些か因縁《いんねん》がある。そして、それは決して楽しい思い出ではない。

もっとも、その事件はアンナが赤のクランに入る契機ともなった事件であり、以来彼女は周防の元に身を寄せることになった。そのおかげで、周防や草薙、十束はもちろん、他のメンバーからも可愛《かわい》がられ、塞《ふさ》ぎ込みがちだった性格も改善しつつある。

事件自体は楽しい思い出ではないとしても、彼女にとって人生の大きな節目となった事件であり、何よりすでに終わった過去の出来事だ。新たな青の王が誕生した事実に思うところがあるにせよ、いまさら心が乱れることはないようだった。

子供とはいえ――いや、子供だからこそ、アンナも日々成長しているのである。

「そうだ、アンナ。キングの盆踊りって興味ない？」

「阿呆《あほう》。アンナにまで、しょーもないこと言いな」

「いやでも、アンナは浴衣《ゆかた》とか、似合うと思うんだよね」

「だったら、わざわざ盆踊りの企画せんでも、どっかの夏祭りに連れてったらええやん。――そや。アンナ、たまには夕涼みに出かけるか？」

悪乗りする十束に釘《くぎ》を刺しつつ、草薙がアンナに提案する。

しかし、少女の反応は大人二人のテンションより深刻だった。

「ミコト……明け方、うなされてた」

と、辛《つら》そうに口にする。

草薙と十束は思わず口をつぐみ、鋭く視線を交わし合った。

アンナは口数が少ないが、その分、口にする言葉には常人以上に気を使い、心を込める。聞く者の胸に響くのだ。

「……そういや、このところは連日、夢見が悪いようやな」

「この前のマフィアとの抗争でも、だいぶ鬱憤《うっぷん》が溜《た》まってるみたいだったよ」

「ああ。言うてたな」

「俺たちにはキングの苦しみなんて、理解はできても実感できないからね」

強大な——大き過ぎる力を持ったが故の苦しみ。そんなものを体感しうる者など、現実的にはほとんどいないだろう。周防の苦しみは、「王」の苦しみだ。立場を同じくする者でなければ、真の共感はあり得ない。

「……まあ」

と草薙が笑う。十束とアンナが草薙に目を向けた。

「お互い様ってことやな」

臣下の気苦労が臣下にしかわからないように、王の孤独もまた、王にしかわからない。なら、互いが互いなりに敬意を払い、相手を思いやるのが唯一の接し方だ。

「新しい王さんやクランの方は、どないなんやろな？　ま、少なくとも毎月の売り上げに悩んだりはせえへんやろし、それだけでも十分羨《うらや》ましいわ」

草薙はそう言うと、ん、と伸びをして、また店の準備に取りかかった。十束とアンナは顔を見合わせ、どちらからともなく微笑みを交わした。

2

彼の人生の根幹を成し続けたのは、ある「疑問」だった。

彼はごく幼少のみぎりから、神童と呼ばれていた。頭脳明晰《ずのうめいせき》で運動神経に優れ、何をやらせてもすぐに周りのトップに立った。平凡な生まれの平凡な両親は、出来《でき》の良い息子を素直に喜んだ。両親に似た兄もまた、出来すぎた弟を誇りに思っていた。

彼は、自分が両親や兄、その他周りの人々より、遥かに優秀であることを認識していた。時にその優秀さは孤立や孤独を生み、ある種の諦観《ていかん》やシニカルさの苗床《なえどこ》となった。しかし、だからといって人格を歪ませるような愚かさを、彼は持っていなかった。注がれる愛情を真摯《しんし》に受け取りながら、謙遜さや驕《おご》りに偏《かたよ》ることなく、己が正しいと信じる道を弛《たゆ》まずに歩み続けた。

彼の人生は、挫折や敗北とは無縁だった。悲しみや怒りすら、ほとんどなかった。

ただ——

それでもやはり、彼の中の「疑問」だけは、どうしても消えなかった。

人は、できることとできないことがある。

人は、できることの中から、自らの生きる道を見つける。

その「答え」のようなものが、彼にはなぜか、よく見えた。出会う人物がどういう人物でどういう立場に相応《ふさわ》しいかを、不思議なほど明瞭《めいりょう》に見通すことができた。

……いや、そもそも人に限らず、様々な事物の意義やあるべき形が、悉《ことごと》く、手に取るように知覚できた。腑《ふ》に落ちた。むろん、森羅万象《しんらばんしょう》を理解しているなどと自惚《うぬぼ》れることはない。わからないことは山のようにあり、世界の広さや奥深さもわかっているが――少なくとも、自分にわからないことがあり、世界が途轍《とてつ》もなく広く奥深いということを、正しく理解していた。そして、その理解こそは、真なる賢者の資質であったに違いないだろう。

そんな彼が、どうしても解けなかった疑問。

自分はいったい、何者なのか。

すべてを弁《わきま》えるが如く振る舞い、その通りに結果を出すことができる自分とは、いったいどういう存在なのか。

人は、できることとできないことがある。しかし、自分は大抵のことは難なくこなすことができた。

人は、できることの中から、自らの生きる道を見つける。では、大抵のことをこなせる自分は、どのような道を生きれば良いのか。

常に泰然《たいぜん》としていた彼がそんな悩みを抱えていたなど、彼の側にいる者たちが知れば、大いに驚き、困惑したに違いない。しかし、彼にとってその悩みは、己の生に落ちた拭《ぬぐ》いがたい影だった。

自分はいったい、何者なのか。

彼がその「答え」を知ったのは、二十一のときだった。

それは劇的なようでいて、もうずいぶんと長いこと待ち続けていた瞬間でもあった。

運命論的様々な観点を割愛《かつあい》して端的《たんてき》に述べるなら、その事件はテロリストによる旅客機のハイジャックだった。

†

上空一万二千メートル。ロサンゼルスからの国際便をジャックしたテロリストグループの狙いは二つあった。ひとつは、戦後猛烈な勢いで発展し、世界経済を半ば支配するに至った日本国、及びその中核を成す一連の企業グループに対する敵愾心《てきがいしん》と非難の表明。そしてもうひとつが、豊かな日本から交渉で引き出せるであろう、莫大な身代金《みのしろきん》だ。そういう意味では、彼らは政治的、あるいは宗教的主張を掲げるテロリストというよりは、武装犯罪者グループと呼んだ方が、より適切だったかもしれない。いずれにせよ、彼らはスペシャリストではなかったが素人でもなかったし、その計画も完璧とまでは行かずとも十分に練られたものであった。

彼らにとっての不運は、ある一点のみ。その便に一人の青年――宗像礼司《むなかたれいし》が搭乗していたことだった。

宗像は、旅客機をジャックしたテロリストたちを入念に観察したのち、彼らが訓練された軍人ではなく、多少荒事《あらごと》に長《た》けただけの民間人であることを見て取った。そしてまた、訓練されていないからこそ、些細《ささい》な不測の事態で犠牲者が出る可能性が高いと判断せざるを得なかった。

本来なら一民間人の自分が介入していいような事態ではない。が、今回は当局の対応を待つ猶予はなさそうだ。宗像は速《すみ》やかに決断したのち、テロリストたちのフォーメーションの穴を衝いて、彼らの一人を襲撃。武器を奪取した。そして、敵に気付かれることはもちろん、周りの乗客にも騒ぐ余裕すら与えず、客室にいた残り二名のテロリストを順次無力化することに成功した。

想定外だったのは、同乗していた一人の女性——それも、宗像よりさらに若い女性が、こちらの意を汲《く》み、直《ただ》ちに連動してくれたことだ。武術の嗜《たしな》みがあるようだったが、それにしても勇敢で大胆な反応である。何より感心したのは、その判断と行動が、いずれも「的確」だったことだ。

これなら。そう判断した宗像は、すぐさま女性に協力を仰ぎ、連携して事に当たった。彼女は宗像の期待に見事に応え、二人は一人の犠牲者も出すことなく、テロリストたちを制圧してのけたのである。

二十歳《はたち》前後の民間人二人による、ハイジャック犯からの機体奪取。無謀どころか妄想とすら断じられそうな行為だが、居合わせたクルーや乗客たちは、奇跡を平然と成し遂げた宗像たちを前に、ただただ息を呑んでいた。

ところが、重大な問題が発生したのは、事件が解決したかに見えた、すぐあとだった。テロリストたちが仕掛けていた爆弾が爆発したのである。

完全な事故だった。テロリストたちすら驚いていたほどだ。結局後々まで具体的な原因は判明しなかったが、爆弾に何らかの欠陥《けっかん》があり、信管が誤作動したらしかった。幸い、直ちに機体が瓦解《がかい》するには至らなかったが、旅客機は安定を失い、破滅へのランディングを開始した。

機内は瞬く間に地獄と化した。機体が躍り、座席が傾き、固定されていなかった物が一斉に宙を舞った。収納されていた荷物が飛び出し、負荷に耐えかねて窓が割れ、気圧差によって突風が渦を巻いた。阿鼻《あび》叫喚《きょうかん》が辺りを埋め尽くし、狂気のパニックが人々を蹂躙した。

が、そんな中、宗像はなお、考え続けていた。その優秀な頭脳をフル回転させて、打つべき対策を講じていた。本心では、これはさすがに無理だ、と冷静な判断を下しつつ、それでも諦めることなく対処し続けた。

死にたくなかったからではない。どうにかなると思ったからでもない。

ただ、それが「正しい」と感じたからこそ、宗像は諦めなかった。「そうすべき」だと思ったが故に、宗像は模索し続けた。全身全霊をかけて。ほとんど生まれて初めて体験する「本気」になって。

悲鳴や騒音はシャットアウトされ、思考が心身を埋め尽くす。シナプスが焼き切れ弾け飛びそうなほど真剣に、この世のどこにも存在しない解答を求めて、思考の枝葉を無限に伸ばす。

気がつけば、心臓が早鐘《はやがね》を打っていた。

その鼓動に、何かが、リンクした。

そして——

最初に感じたのは、戸惑いだ。宗像には極めて希なことだが、その状況を認識したとき、彼は思考を中断し、戸惑った。それから次第に興味を持ち——彼の悪癖のひとつだが——直前までの深刻さすら忘れて、予期せぬ状況を面白がった。

完全な虚無と思える暗闇に、宗像は一人、浮かんでいた。いや、もしくは自らの五感が断たれたのかもしれない。つまり自分は死んだのだろうか。これが「死後」というものなのだろうか。実に興味深い。ただ、少々退屈でもある。仮にこの状況が以後永続、ないしは長期にわたって継続されるのだとすれば、人間安易に死ぬものではありませんね、と感想を持った。

それとも、やがて自我が消失し、退屈という感覚も解消されるのだろうか。いや、そもそも時間という概念からして、すでに意味を失っているのではないか。いま現在の自分はどうだろう。この思考は一見経時的《けいじてき》論理性を保っているように感じられるが、それを証明する手段はない。いやいや、いま感じつつあるこの退屈という感覚こそ、時間の経過を、つまりは時間の流れが存在すること、及びその事象に対する感覚が失われていないことを証明することになりはしないか。やはり実に興味深い。そして少々退屈だ。

ただ、宗像の退屈は、解消された。彼は、自分以外の何かが、静かに横たわっていることを知覚した。その瞬間、虚無的な暗闇は彼我を有する空間となった。

宗像が知覚したのは、巨大な円盤状の鉱物だった。

石盤。

ドクン、と心臓が脈打った。同時に、その石盤の中心が輝き、表面を這《は》うように光の筋が瞬いた。

淡く美しい、青い光。

ドクン、ドクン、と宗像の鼓動に合わせ、光の筋は光度を増していく。よく見ると、石盤は表面上に幾何学的な文様が彫られていた。光はその文様に沿って流れているのだ。それも、宗像の鼓動と波長を合わせながら。

宗像は思い出した。ここに「呼ばれる」直前、自分の鼓動と何かがリンクした気がした。それが、この石盤だったのだ。

石盤が脈動する様は、不思議な荘厳さと無機質さを合わせて持っていた。神代《かみよ》の昔に作られた集積回路が、宗像という触媒を得て稼働するかのようだった。

「世界」が搭載する、「運命」に直結した回路。

湧き上がる興奮に心拍数が上昇する。合わせて、石盤の光も激しさを増していく。宗像が見入る前で、ついに石盤は光に包まれ、その光は宗像をも呑み込んだ。宗像の意識が白く染まり、そこに石盤から様々なものが流れ込んできた。

石盤の記憶。

石盤の力。

そして、石盤の意思。

宗像は、自らが「選ばれた」ことを知った。思わず刮目《かつもく》した瞬間——

落下する機内に、再び戻っていた。

絶望に塗りつぶされた光景は、宗像が記憶していたものからほとんど変化が見られない。またしても時間に関する考察が脳裏を掠《かす》めたが、小さな微笑で脇に追いやり、目の前の困難に集中する。

得たばかりの知識に基づき、「力」を振るった。

宗像の全身から鮮烈な青い光が迸った。光は拡散し、周囲の空間を宗像の意思の下に「制御」していく。光に包まれた人々が恐慌から覚め、正気を取り戻した。そればかりか、宙を飛んでいた紙コップや雑誌までその場で運動を停止し、唸りを上げていた風がピタリと止んだ。青い光は機内を埋め尽くし、さらに広がって旅客機全体を包み込んだ。さらにさらに広がり、拡散し、旅客機を中心とした半径五百メートルほどの球体にまで拡大したところで、

「——おっと」

宗像が「力」の放出をセーブ。喜び勇むかの如くに領域を広げていた「力」が、直ちに宗像の意図に従う。キンッと澄んだ音を立てて一辺が百メートルほどもある青く輝く立方体となり、瓦解寸前だった旅客機をその内部に閉じ込めた。巨大な立方体内部は時間が止まったかのように静まり、物理法則さえ無視した「宗像の秩序」に支配されている。

宗像は、眼鏡を指先で軽く押し上げつつ、自らが行使した「力」の結果に、ふむ、と頷いた。

それから不意に頭上を見上げた。

機体の天井に遮られて、目視することは叶わない。しかし、ここよりさらに上空に、巨大なひと振りの「剣」——「力」の結晶体が浮かんでいるのが感じ取れた。

宗像の剣。

青の王の剣だ。

宗像はしばし頭上を見上げていたが、やがて改めて機内の様子を見渡した。

紛《まご》う方なき超常現象を目の当たりにしたクルーと乗客たちは、言葉もないまま呆然《ぼうぜん》自失している。そしてそれは、ついさっき宗像に協力した女性も例外ではなかった。シートに手をかけて必死に体勢を保とうとしていた姿のまま、きつく唇を結び、表情を硬くしている。

彼女が何も理解できていないのは明らかだ。ただ、それでも彼女は――ついさっきまでの宗像と同じく――決して諦めようとはしていなかった。己が混乱していることを自覚しつつ、この謎の事態と向き合おうとしていた。

なるほど、これはやはり、極めて好ましい人材だ。宗像は大きく頷いた。

「――淡島《あわしま》君、でしたね」

「は、はい……」

「どうやら、長年の『疑問』が解けたようです」

緊張の面持ちを浮かべる女性に向かって、表面上は平然と、その実、清々しく上機嫌で、宗像は話しかけた。そして、続きを待つ女性を余所に、晴れやかな笑みを浮かべながら、もう一度天を仰いだ。

自分はいったい、何者なのか。

「王、ですか……。なるほど。それはなかなかわからなかったわけだ」

†

「仔細《しさい》、了承しました。何も問題ありません。第四王権者、青の王、宗像礼司の名において、青のクランは引き続き一二〇《ヒトフタマル》協定に賛同し、これを継続します」

「……結構だ。では現時点を以て、《非時院《ときじくいん》》に委譲されていた《セプター4》の指揮権を、青のクランに返還する。貴様の公的身分に関しても、直ちに手配しよう。あとは好きにするがいい」

そう宗像に言い渡したのは、尋常ならざる外見と風格を有する、一人の老人だった。

まず、巨漢である。身長は二メートルを優に超え、しかも鍛えられた肉体は、熟成した活力に充ちている。白髪白髯《はくはつはくぜん》。厳《いか》めしい顔には深い皺《しわ》が幾つも刻まれているが、老いがその身にもたらしているのは、衰えではなく威厳と貫禄《かんろく》だった。

ただ佇んでいるだけで他を威圧する、強烈な覇気。老人の持つ峻峰《しゅんぽう》の如き荘厳《そうごん》さは、もはや年齢を超越していた。

第二王権者、黄金の王、國常路《こくじょうじ》大覚《だいかく》。

石盤に導かれた七人の王たちの、頂点に立つ偉大な王だ。

「公的身分といいますと、例の、東京法務局戸籍課第四分室とやらですか？」

「そうだ。貴様はそこの、室長となる。表向きはな」

「公務員試験は？」

「……望むなら受けさせるが？」

微かに片方の眉をもたげて淡々と応じる國常路に、宗像は「いえ。希望はしません」と微笑を湛《たた》えつつ撤回した。何気ないやり取りだが、第三者が同席していたなら、宗像の正気を疑っただろう。初対面で國常路に軽口を叩く人間は、決して多くない。

実際、資格に関しては、書類上の手続きさえ済ませば問題はないはずだった。宗像は二十一だが、すでに海外の大学を飛び級で卒業し、大学院でも修士課程を終えていた。さらに言えば、幾つかの省庁からも勧誘されていたぐらいだ。ましてや、國常路が口を利けば、法務局に否《いな》やのあるはずもない。

國常路大覚。

彼を知る多くの者が、単に「御前《ごぜん》」とだけ呼ぶこの人物は、日本の政財界を牛耳る黒幕であり、日本に空前の繁栄をもたらした立て役者だった。第二次世界大戦で敗戦を経験した日本を、世界に冠たる経済大国にまで成長させた張本人だ。彼と、彼のクラン《非時院》、そしてその傘下にある無数の企業や機関、各種団体が、いまある日本の礎《いしずえ》を作り、いまなお主柱となって国益を支えているのである。

宗像の眼前に屹立《きつりつ》する老人こそ、この国の真の支配者――「王」に他ならなかった。

そして――

國常路の、また宗像の「力」の源泉は、二人の王の足下にあった。

日本国の中枢機関が密集する七釜戸《ななかまど》。その中心に聳《そび》える超高層建築物が、國常路の居城たる、通称「御柱《みはしら》タワー」だ。いま宗像と國常路が相見《あいまみ》えているのは、タワー内にある「石盤の間」だった。その名の通り、広間の床には強化ガラスがはめられ、その下に巨大な鉱物が鎮座している。

宗像が見た、あの石盤である。

第二次世界大戦の最中に見出されたその石は、発掘された地名から「ドレスデン石盤」と呼ばれていた。

石盤とリンクした際、宗像は石盤が蓄積していた記憶をある程度共有した。しかしそれは、石盤がドイツの古い教会の地下広間——その奥壁の中から掘り起こされて以降の記憶だけだった。どうして教会の壁に塗り込められていたのか。いかなる経緯で持ち込まれたのか。そもそも、石盤が人工物なのか否か。また、いつから存在しているのか等の記憶は、石盤に残されていなかったのだ。それらを解明する研究も進められているそうだが、多くは謎に包まれたままらしい。

ただ一方で、石盤が有する——あるいは石盤に象徴される極めて特殊な「現象」に関しては、石盤が発掘された数年後、大戦末期の一九四四年に、ドイツの科学者アドルフ・K・ヴァイスマンとその姉クローディア・ヴァイスマンによって、かなりの部分までが解明されていた。

石盤の引き起こす現象。それはヴァイスマン理論によれば、「社会性を有する生物より特定の個体を選択し、蓋然性特異点としての性質と、その蓋然性を意識的に偏向させる能力を付与する現象」ということになる。物理法則にさえ干渉し、定められた属性に基づいて、己の意思を現実に顕現させる超常的能力。石盤はそれを授けるのだ。

「王」を見出し、「力」を与える。この石盤こそが、王を始めとする能力者たちの生みの親なのである。

——世界の歴史を隠然と変えた、神秘の石……と言ったところですね。

最初に「石盤の間」に通されたとき、床に埋められたドレスデン石盤を前にして、宗像は密《ひそ》か

にそう思った。

宗像の感慨は、決して大げさではない。事実、発掘された石盤を敗戦後間もない日本に持ち帰った國常路は、その「力」を万全に駆使して、いまある繁栄を築き上げた。石盤の移動以降、王がすべて日本で誕生しているのも、石盤がこの国にあるからこそだ。いま宗像の足下で眠る巨大な石盤は、超常的能力の源であると同時に、実質的な世界の中心――あるいは、歴史と運命の主流を示す座標でもあると言えた。

――そして、私も……。

石盤の放つ重力に、宗像もまた引き寄せられた。

これから自分が赴《おもむ》く先には、果たしてどのような光景が待っているのか。

「ともあれ、《セプター4》の概要は把握できています。《非時院》で預かって頂いていた後方支援要員に関しては、そのまま私の指揮下に置かせて頂きましょう。問題は、解散した実戦部隊――撃剣機動課の再編です。幸い、大変優秀な女性を一名確保することができましたが、以前と同じレベルの陣容を揃《そろ》えるには、それなりの時間がかかると思われます。ご了承下さい」

「貴様が《セプター4》を再始動させれば、古巣に戻る者も大勢いよう」

宗像の台詞に、國常路が重々しく指摘する。

王の死後も、クランズマンの「力」が失われるわけではない。後方支援要員もそうだし、解散し、他部署や他業種に移っていった元撃剣部隊の隊員たちもそうだ。歴戦の勇士である彼らは、いまも歴とした「青のクラン」のクランズマンなのだ。

ただ、

「そのことですが……」

と宗像はやや声のトーンを変えた。

「撃剣部隊は、クランの中核であり組織の要《かなめ》です。何より、ここを完璧に掌握しなくては、能力者を相手にした治安業務に万全を期せません。よって、部隊の人選に関しては、すべて私の采配で行わせて頂きます」

それは、許可を得るのではなく、決定事項の通達という口振りだった。

黄金の王は、石盤より授かった王個人の「力」においても、またクランの組織力や権勢においても、他に並ぶ者なき最強の王だろう。彼が盟主だからこそ、一二〇《ヒトフタマル》協定も成り立っているのだ。

同じ王権者とはいえ、新王たる宗像とは格が違う。

しかし、それでも王と王だ。

ましてや、公的機関である《セプター4》は、国家の重鎮たる國常路や彼のクラン《非時院》とは、密接に繋《つな》がっている。今後の両クランの関係を考慮すれば、國常路との間に過剰な畏敬《いけい》や謙遜があったのでは立ちゆかない。礼を失する気はないが、通すべき筋は通さねばならないのだ。

もっとも、不要な懸念ではあったようだ。

「言ったぞ。好きにしろ」

國常路は当然のように言った。

素っ気ない対応だが、この意味は大きい。宗像は頷いた。

「では、私の身分が確立し次第、隊員の選抜に入ります。つきましては、御前に折り入ってお願いしたいことがあるのですが」

「なんだ」

「必要な人材を求めるにあたり、《セプター4》の性質上、まずは官公庁——特に警察と国防軍に当たりたいと考えています。その際、当人が希望すれば——いえ、対象者の立場によっては『命令』という形を取るかもしれませんが、いずれにせよ、撃剣機動課に人員を引き抜く際、対象者が速やかに異動、もしくは転職し得るよう、あらかじめ御前からも取り計らって頂けませんか」

宗像は表情ひとつ変えず平然と依頼した。

この老王を前に我ながら大した度胸だと思うが、何しろ官公庁は縦割りの組織だ。他部署から——それも二十歳そこそこの若造から強引な人事を強制されれば、反発は免れない。恨みを買う分には痛くも痒《かゆ》くもないにせよ、手続きの上でいちいち妨害や遅延行為を行われると面倒なのだ。

宗像の要望に対し、國常路はさほど間も空けず、

「いいだろう」

と、またしても鷹揚《おうよう》に応じた。

「だが、おそらく必要あるまい」

「《セプター4》の威光は、いまだ健在だ、と？」

「落ちてはいるが、消えてはおらん。要は貴様の立ち回り方次第だ。が、こちらからも念は押しておく。《セプター4》復活は、早いほどいい」

國常路の返答は簡潔にして無駄がなかった。

彼の言う通り、《セプター4》は表向き法務局の一部署に過ぎないが、その実態は独立した指揮系統を有する、事実上の超法規的組織である。また、國常路がバックに付いていることも——各省庁の上層部には——周知の事実であり、内閣であろうと安易に干渉することはできない。そもそも、政府にすれば能力者の存在は頭の痛い問題だ。それを統括し管理する組織は、彼らにとっても必要不可欠なのである。

ただ、その事実を口にした上で、國常路は根回しを約束した。これはつまり、彼が宗像率いる《セプター4》に——つまりは青のクランに対して協力を惜しまないという方針を示したことになる。

しかも國常路は、《セプター4》の早期復活を望みつつ、その人選に口出しはしないと公言しているのだ。一刻も早く《セプター4》を機能させようと思えば、先代のクランズマンたちを再登用するのが、もっとも手っ取り早い。しかし、その手法は採らないと暗に告げる宗像に対し、その判断を良しとして全面的に主導権を委ねているのである。

この寛容さは、他の王やクランに対する不干渉からくるものか。あるいは、覚醒したばかりの新たな王に、先達《せんだつ》として自立の支援をしているのか。

どちらにしろ、國常路の態度は宗像にとって申し分のないものだった。青のクランを立ち上げる上で、黄金のクランは最高の後ろ盾にも最大の脅威にもなり得ただけに、これは幸先が良いと言えるだろう。

と、

「しかし……」

國常路が口を開けた。ピクッ、と宗像が老王を注視する。

「これまで幾人かの王を見て来たが、貴様ほど素早く順応した者は、初めてだ」

両者の会合が始まって以降、國常路から先に話しかけたのは、それが最初だった。老王の思わぬ感想に、宗像は「おや」と驚く様子を見せた。

「そうなのですか？　意外ですね」

「何がだ」

「何が、と言われましても……私に限らず、王になった者は全員、石盤に蓄積された記憶と知識を共有し、認識したはずです。ああいう仕組みでこうなった以上、為すべきことは至って明瞭。クランごとの立場や性質に差はあろうとも、指針に迷うことがあるとも思えませんが」

それは宗像の率直な見解だった。

たとえば宗像は、國常路との対面に臨み、軍服にも似たデザインの、ブルーを基調とした制服に身を包んでいた。実はこれは、《セプター4》の制服だ。

宗像は、石盤の記憶と知識に従って、《セプター4》の屯所《とんしょ》——青のクランの本拠地を、すでに訪れているのだ。それも、機上で王として目覚めたあと、空港から直行している。王が為すべきことを直ちに理解し、無駄なく行動した結果だった。《セプター4》の制服を纏っているのも同じ理由である。

ただ、それが特別なことだと、宗像自身は考えない。石盤にまつわる歴史を知れば、王として果たすべき役割は子供にも理解できるだろう。しかも、この運命は不可逆的で、受け入れるしかないものだ。言ってしまえば、悩む手間すら省ける。

与えられた命題に、最適な行動で応える。要はそれだけのことだった。

しかし、

「王が皆、迷いもなく、為すべきことも明瞭であるとすれば、いま貴様が体験しているような『代替わり』があったと思うか?」

「…………」

國常路の指摘に、宗像の肩が小さく揺れた。すぐには返事をせず、そっと眼鏡の位置を直す。

宗像が表情を隠すときの癖だ。

宗像の前にも、青の王は存在した。

先代の青の王は、名を羽張迅《はばりじん》と言った。彼の死の経緯を、むろん宗像はすでに知っている。

いまから十一年前のことだ。

当時の赤の王、迦具都玄示《げんじ》が、王として「破綻《はたん》」した。

蓋然性偏向能力の安定指数であるヴァイスマン偏差が九〇《ヴァーティカル》の値を大きく凌駕《りょうが》し、Ex－A《エクストラ・アルファ》個体が有する莫大な「力」が、制御を失って暴走。王の「力」の証であるエネルギーの結晶体《ダモクレスの剣》が、その巨大な切っ先を向けたまま、主《あるじ》の頭上へと落下したのである。まるで、道を踏み外した王を誅《ちゅう》するが如く。

王権暴発《ダモクレス・ダウン》と呼ばれる現象だ。

その結果は、凄惨を極めた。《ダモクレスの剣》の落下地点を中心に、直径百キロにわたる地域が消失。あとには、巨大なクレーターが形成された。死者の数は正確に算出されていないが、政府の概算では七十万人に上るとも言われている。関係者たちの間で「迦具都事件」として記憶されている、忌まわしい悪夢だった。

羽張もこの「迦具都事件」で命を落とした一人だ。

迦具都のヴァイスマン偏差が限界に達していることを知った羽張は、「秩序」を掲げる青の王として、彼の暴走を止めようとした。しかし皮肉なことに、青の王と赤の王の戦いは、迦具都のヴァイスマン偏差を振り切る決定打となってしまった。そして羽張は、迦具都が引き起こした王権暴発《ダモクレス・ダウン》に巻き込まれたのである。

「……あの事件が起きたのは、二人の王が、迷い、道を誤ったからだ……そう仰《おっしゃ》りたいのですか？」

宗像は表情を殺して質問する。

國常路は、わずかに遠い眼差しになった。

「……あの二人だけに罪を負わせるつもりはない。また、あの二人が、必ずしも道を誤ったとは思わん」

老王の言葉に、宗像は怪訝《けげん》そうな表情をのぞかせた。王権暴発《ダモクレス・ダウン》の阻止に失敗した羽張はまだしも、國常路の台詞は、元凶となった迦具都をも赦免《しゃめん》するかのような口振りだったからだ。

「では御前は、あの惨事は起こるべくして起きたと？」

「……石盤が内包する『可能性』のひとつが、現実のものになった。そういうことだろう」

それは、些か乱暴な言い様に思われた。その理屈で言うなら、《ダモクレスの剣》にせよ、王権者にせよ、石盤の可能性のひとつが現実化した結果である。もし石盤が活用されていなければ、歴史や社会の有り様すら、いまの形とは異なっていたはずだ。宗像と國常路がこうして話していることすら、石盤が示した可能性の結果と言える。

ただし、

——乱暴だからといって、「間違った見方」というわけではありませんね……。

石盤のシステムは、「力《パワー》」と「剣《リスク》」を共に与える。上手く使用すれば利益は大きいが、失敗したときのダメージは凄まじい。

そして、このシステムを運用する上で要諦《ようてい》となる王権者は、システム側によって一方的に選定されるのである。システムに相応しい人物が選ばれているという保証は、実はどこにもない。

宗像は石盤とリンクしたとき、確かに石盤の「意思」を感じ取った。が、それは人の尺度で測るには、あまりにも人のそれと乖離《かいり》がありすぎた。宗像の受け取り方次第で、どのようにでも解釈できる。おそらくは、石盤の意思に触れた王が、各自自分なりの理解をしているはずだ。

だが、仮に、石盤に「人格」があるとすれば、石盤は人類に対し、善意を以てシステムを提供しているのだろうか。それとも、悪意を以て接しているのだろうか。

——石盤が内包する可能性、ですか……。

改めて突きつけられてみると、なるほど、なかなか興味深い命題だ。ただ、所詮は当てのない考察であり、思考実験の範疇《はんちゅう》をはみ出すようなものではない。半世紀以上もの長きにわたり王として君臨してきた國常路ならともかく、王となったばかりの宗像が考えるべきことは、他に山ほどあった。

第一、石盤に選ばれ「力」を得たからといって、石盤に依存する気はさらさらない。青の王としての理念は、宗像自身の理念に沿うものだ。ならば自分は、自らの信ずる道を、粛々《しゅくしゅく》と歩むのみ。

そして――

《セプター4》の指導者として、黄金の王、國常路大覚の存在が無視できなかったように。

青の王として無視できない王が、もう一人存在する。

「……御前。お伺いしたいのですが……現在の赤の王、周防尊とは、どのような人物ですか？」

あるいはいまの話題は、國常路によって誘導されたものかもしれない。「迦具都事件」を知る青の王にとって、赤の王が意識せざるを得ない対象であることは、黄金の王なら先刻承知していたはずだ。

果たして、老王は射貫くような視線で宗像を見やった。石盤が示す次なる可能性の、行く末を探るかのように。

「……あれもまた、赤の王だ。貴様が青の王であるようにな。宗像」

迦具都玄示と羽張迅を知り、いままた周防尊と宗像礼司を見る老王は、多くを語ることなく、ただ厳かにささやいた。宗像はその言葉を受け止め、もう一度眼鏡の位置を正した。

†

宗像が去ったあとも、國常路はしばらくの間、「石盤の間」に佇んでいた。

虚空《こくう》を見据《みす》え、黙考する。脳裏を過《よぎ》るのは、過去、回避することが叶わなかった惨事だ。むろん、手を打たなかったわけではないが、結局及ばなかった。國常路にとっても苦い記憶であり、消し去りがたい汚点である。

しばらくして國常路は、

「……三輪《みわ》に」

とつぶやいた。

隣室に控えていた黄金のクランズマンが、直ちにナンバーをコールして、主のいる位置に指向性レシーバーを向ける。國常路の側でコール音が小さく鳴り、七回目で繋がった。

『ご無沙汰しております、御前。何かありましたか？』

回線を通して聞こえる、柔らかな懐かしい声。國常路の眼光が、少し険しさを和《やわ》らげた。

「隠居の身に済まんな。話がある。悪いが少し骨を折ってもらいたい」

3

「……どうにも底の知れんお人のようやで」

それが、新たに青の王となった宗像礼司という人物に関し、可能な限り調査した結果、草薙が下した総括的な評価だった。

午後七時。まだ外は明るいが、さすがに盛夏の熱気は薄らいできた。空は淡い茜色《あかねいろ》と深い群青色《ぐんじょういろ》に二分され、地上では色鮮やかな街明かりが輝き始めている。

開店したバー『HOMRA』は、その日も賑《にぎ》わっていた。とはいえ、オーナーには頭の痛いことに、「客」で賑わっているわけではない。ハイソな内装の店内にたむろしているのは、騒々しい少年たちだ。いかにも力を持て余す若者らしく、口の利き方や振る舞いに粗野な雰囲気が目立った。ただ一方で、度々のぞかせる笑顔には捻くれたところがなく、瞳には強く澄んだ光が宿っている。

赤の王、周防尊の元に集う、《吠舞羅》のメンバーたちだ。中でも、いまいるのは『HOMRA』によく出入りしている主要メンバーである。草薙と十束はもちろん、カウンターのスツールには、小振りなビールボトルを傾ける周防や、その隣にちょこんと座ったアンナの姿もあった。

メンバーが集まれば騒がしいのはいつものことだが、最近の話題は、もっぱら新しい青の王についてだった。草薙のように独自の情報網を持つ者は少ないが、《吠舞羅》のメンバーたちは、総じて街の裏側に顔が利く。その手の噂話《うわさばなし》なら、放っておいても入ってくるのである。

「ある日突然けったいな力に目覚めて王様になったいうのに、まるでそれが当然のように、堂々と立ち回っとる。《セプター4》の再建も、あっという間に軌道に乗せてもたし……しかも、現場の実戦部隊に至っては、自分が一から選抜して鍛え上げたいうんやからな。ほんま、大した手並みやで」

くわえ煙草でグラスを磨きつつ、草薙はつらつらと自らの所感を述べた。その口振りは感心するようでもあり、呆《あき》れているようにも聞こえる。クランズマンたちは皆注目し、チームの参謀の解説に耳を傾けていた。

「あれは、元がよっぽど優秀なんやろな。おまけに、いつ休んどるんやいうぐらい精力的に動き回っとるし……どこぞの食っちゃ寝キングとはえらい違いや」

わざとらしく言って、これ見よがしに横目で周防を見る。周防はふんと鼻を鳴らし、唇の端で笑いながらビールを喉《のど》に流し込んだ。

「……新しい青の王って、そんなにスゲエ奴なんスか？」

尋ねたのは、鎌本だった。

金髪に、日焼けした肌。《吠舞羅》の誇る重量級の戦士——なのだが、体質的に夏に弱いらしく、この季節だけはかなり痩《や》せて別人のようにスマートだ。もっとも、夏痩せする極端な体質はともかく、変わり者が多い《吠舞羅》の中では、草薙に並ぶ常識派であり良識派だった。

そんな鎌本の問いに、「せやな」と応じ、草薙は煙草をくゆらせる。

「二十歳そこそこの若造が、政府や軍の高官を手玉に取っとるんや。黄金の王の後押しがあるにしても、かなりの豪腕やろ。そのくせ、立ち回りにはそつがない。どないな人生歩んできたら、あないなスーパーマンに育つんやろか」

「ストレインの取り締まりも順調みたいだしね」

「せや。王自ら現場に出張って、部隊の指揮を執《と》っとる。さすがに、まだ直には見物できとらんけど……差し当たり、失態らしい失態は聞こえてこんな」

十束の台詞に頷きつつ、草薙は淡々と言った。

《吠舞羅》にすれば、近い将来、脅威《きょうい》となるかもしれない相手である。だが、青の王について語る草薙の口振りは、好敵手の出現を面白がっているようにも取れた。この辺りは、草薙もまた「赤のクランズマン」だということなのかもしれない。

草薙の話に、鎌本はふんふんと腕を組んで頷いている。しかし、他のメンバーたちは、少々面白くなさそうな顔をしていた。

尊敬する自分たちの参謀が、周防を差し置いて他の王を高く評価しているのが気にくわないのだ。そうした子供っぽい意地の張り方は、良くも悪くも《吠舞羅》というチームを表す一面だった。

「……つっても、青服どもの大将でしょ？　どーせいけ好かねえ、陰険野郎じゃないんスか？」

と、表情豊かな顰《しか》めっ面で決めつけたのは、メンバーの中でもひと際童顔の、小柄な少年だった。サマーニット帽を被《かぶ》っており、その下からは元気の良い三白眼《さんぱくがん》が上目遣いでにらんでいる。

八田美咲《やたみさき》だ。いま集まっている面子の中では、新参で、歳も下。だが、《吠舞羅》屈指の「力」の持ち主である。

周防に心酔《しんすい》しており、裏表のない真《ま》っ直《す》ぐな性格から、チーム内での信望も厚い。幹部三人を除くチーム《吠舞羅》の、中核を成す少年だった。

「王なんて言ったって、たかが知れてるに決まってますよ。もしまたアンナにちょっかい出すようなら、尊さんが出るまでもねえ。手下の青服共々、オレたちだけで片付けてやりますって。——なあ？」

威勢良く気を吐いて、八田が周りのメンバーに発破《はっぱ》を掛ける。すぐさま、側にいた坂東三郎太《ばんどうさぶろうた》が「おうよっ」と頷き、千歳洋《ちとせよう》も当然だという顔で「だな」と笑った。二人は特に乗りが良いが、他のメンバーもそれぞれ八田の意見に同意しているようだった。

ちなみに「青服」というのは、彼らの制服にちなんだ《セプター4》の俗称だ。基本的にラフなストリートファッションが多い《吠舞羅》からすれば、軍服じみた《セプター4》の制服は、堅苦しく偉そうでつまらない——要するに「いけ好かない」者たちの象徴なのである。

十束が相変わらずの笑みを浮かべながら、

「さすがは《吠舞羅》の切り込み隊長。頼もしいねえ」

「ったり前っスよ、十束さん。《吠舞羅》が舐《な》められるような真似は、ぜってー許さねえっスから！」

《吠舞羅》はストリートギャングである。荒事を歓迎こそすれ、忌避《きひ》する輩《やから》はほとんどいない。坂東などは決して好戦的なわけではないが、いざ戦いを前にすれば後先考えずに飛び込んでいく。

クランの体質と言えば、その通りなのだろう。ただ、年配の草薙にすれば、頼もしい反面、危なっかしくもあった。

煙草を灰皿で揉《も》み消し、

「まあ落ち着きいな、八田。心配せんでも、いまさら連中がアンナにちょっかい出す理由があらへん。こないだ十束には言うたけど、当面、様子見や」

「でも、草薙さんっ」

「ええやんか。なんやかんや言うたけど、王とクランで言うたら俺らの方が先輩やで？　ぽっと出の新人相手に粋《いき》がることない。まずはどっしり構えて、お手並み拝見しようやないか」

ニヤリとして草薙が言うと、八田はすぐに機嫌を直し、「ああまあ、そりゃ、そうっスよね」と得意げに破顔《はがん》した。この辺りの明朗な単純さも、八田が古参組から愛されている理由だろう。

「だったら、新顔の青服どもが舐めた真似しねえか、せいぜい目を光らせときますよ。何かあったらベテランのオレたちが、この街の流儀ってもんを教えてやらあ」

「ハハハ。八田に物を教わってちゃ、青服も形無しだね」

「って、そりゃないでしょ、十束さん。オレだってクランズマンになって、もう一年以上経ってるんスから！」

八田が情けない顔をし、店内が笑い声に包まれる。

ただ、そんな中、店の片隅で、微かに舌打ちする音がこぼれた。

「……いいんですか、草薙さん。そんな気楽に構えてて」

舌打ちに続いて聞こえてきたのは、ぼそりとつぶやくような小さな声だ。しかし、声に含まれた冷めた響きが異物のように浮き上がり、笑っていた者たち全員の意識を声の主に引きつけた。

「《セプター4》の主な業務は、ストレインの取り締まり。こっちの商売と、もろ、かち合いますよ」

周りに染まらず一人冷静な意見を口にしたのは、伏見猿比古《ふしみさるひこ》だった。眼鏡を掛けた細身の少年で、どこか仄暗《ほのぐら》い、気易《きやす》く触れられない雰囲気を持っている。これでも、戦闘に長けた切れ者で、電子戦にも滅法《めっぽう》強い。八田と同じタイミングで《吠舞羅》入りした新参ながら、八田とは別の意味合いでチームから一目置かれている少年だった。

伏見の意見に草薙は肩を竦め、

「うちが請《う》け負《お》うとるトラブル解決の話か？　まあ、《セプター4》が稼働したら、だいぶ依頼は減るやろな」

「えっ？　じゃあ不味いじゃないスか」

「鎌本。そないな心配するぐらいなら、お前んとこの仕入れ、もうちょい勉強してくれ。それで十分、お釣りが来るわ」

「いやいやっ。誤解招く言い方止めて下さいよ。うち別に、ぼったくったりしてないっスよ？」

バー『ＨＯＭＲＡ』の仕入れ先のひとつは、鎌本の実家『鎌本酒店』だ。慌てる鎌本に、八田が、そうなのか、と鋭い視線を向ける。鎌本はいよいよ必死になって「してませんてば!?」と声を裏返した。

他方、

「……第一、ストレインの専門と言っても、《セプター4》は結局、役所だ。《吽舞羅《うち》》を頼ってくるのは、その筋っていうか、グレーなビジネスしてるのが多いですし……言うほど影響はないんじゃないですか？」

そう言ったのは、出羽将臣《でわまさおみ》。伏見同様、《吽舞羅》の中では——比較的——クールな男である。

実際、出羽の言う通り、ストリートギャングの《吽舞羅》にトラブルの話を持ってくるのは、同じく裏社会に近い者がほとんどだった。《セプター4》と《吽舞羅》のどちらを頼るかと言われれば、多くは後者を選ぶだろう。

ただ——

「依頼以前に、《セプター4》なら問答無用で介入できるって言ってんだよ。このまま放っておけば、現場で鉢合わせってことにもなりかねない」

と伏見が面倒そうに付け加えた。

「それに……もっと面倒なのは、青服が取り締まるのはストレ、イ、ン、だ、け、じゃ、な、い、ってことだ。たとえ赤のクランズマンだろうと、法を犯せば手出ししてくる」

伏見はそう言うと、眼鏡のレンズ越しに、剃刀《かみそり》じみた視線を草薙に向ける。

「……いいんスか？　いま《吽舞羅《うち》》の下っ端《したっぱ》ども、調子乗ってるの、結構いますよ？　はっきり言って『隙だらけ』だ。向こうがその気になれば、いくらでも介入の余地がある。——やり手なんでしょ？　青の王？　精力的に動いてるってことは、それなりに野心もあるんじゃないですか？　余裕気取って傍観決め込んでたんじゃ、痛い目見るかもしれませんよ？」

「ちょ、おいっ、猿比古」

挑発的な伏見の言い様に、八田が焦りながら口を出した。そんな八田に、伏見は「なんだよ」と苛立たしそうな顔を向ける。

八田と伏見は《吠舞羅》に入る前からのつき合いだ。性格は正反対の二人だが、組んで戦わせれば草薙クラスでも手に負えない。八田が《吠舞羅》入りして瞬く間に頭角を現すことができたのも、彼をサポートする伏見の存在があってこそなのだ。

草薙はそんな二人をおかしそうに眺めつつも、

「——やっぱ、お前もそう思うか？」

と、表情とは裏腹に真剣な口振りで伏見に尋ねた。伏見は無言で応えなかったが、草薙を見る目つきは「いちいち肯定を返すまでもない」と語っている。

事実、もし新たな青の王に「その気」があるなら、いくらでも口実を作れる土壌があるのが現状だ。仮にそうなったとき、《吠舞羅》がクランズマンを守ろうとすれば一二〇《ヒトフタマル》協定に反するしかなくなってしまう。

そして《吠舞羅》には、外敵に対して絶対的に仲間を守るという不文律がある。誰が決めたわけでもないが、そうした心意気が信頼感となり、チームの結束を支えているのだ。協定に反することになろうと、そこを曲げることは難しい——というより、気質的に無理だろう。

つまり、

「……え？　それって要するに、《セプター4》と戦争になるかも……ってこと？　マジに？」

恐る恐るという様子で、坂東が尋ねた。一瞬の静寂のあと、鼻で笑い、「上等じゃん」と千歳。

「向こうはまだ陣容整えてるとこなんだろ？　だったらこっちも、ガンガン人増やして対抗しようぜ。いまなら、半分死んでた《セプター4》なんかより、《吠舞羅》の方がずっと人が集まるって」

「は？　これ以上バカ増やしてどうすんだよ。いまうちに入りたがるようなやつ、《吠舞羅》で美味《おい》しい目みたいってクズばっかに決まってんだろ」

「ああっ？」

「コラ。隙がどうこう言ってる側から、喧嘩《けんか》しぃな」

歯に衣着せない伏見に食ってかかる千歳を、草薙が苦笑しながら宥《なだ》める。十束が空気を変えるように、「元気だねぇ」と軽い口振りで言った。

「そうだねえ。千歳の言い分もわかるんだけど、色々と……ねえ、草薙さん？」

「まあな。こないだ十束とは話したけど、ぶっちゃけ、いまの時点で《吠舞羅》《うち》はだいぶ肥大しとる。伏見の言う通り、ろくに統制も取れとらんしな。……つうか、お前がもうちょい、下のもん締めてくれや、尊？」

十束から振られた草薙が、からかうように周防に振った。もっとも、周防は我関せずとビールを飲んでいる。結局窘《たしな》められた形の千歳が気まずそうな渋面《じゅうめん》になり、それを見た出羽が小さくクスリと笑った。

「――下を締める方向で行くんなら」

と、再び伏見が発言する。

《セプター4》が復活するのは、ある意味好都合かもしれませんね。調子に乗ってるバカどもを押さえつける口実になる。……なんなら、何人かあっちに渡して、見せしめにでもすればいい」

「おいっ。待てよ、伏見。そりゃさすがに、やりすぎだろ」

「知らねえよ。目障《めざわ》りなんだよ。最近の連中」

さすがに口を挟む鎌本に、伏見は酷薄な口調で吐き捨てた。《吠舞羅》の中でも《吠舞羅》らしからぬ伏見は、チーム内の仲間意識も薄い。そのためメンバーから敬遠されがちではあるが、身内意識に捕らわれないからこそ、チームにとって貴重な客観的視点を提示することができるのである。

八田が神妙な面持《おもも》ちになり、

「……猿比古。最近のやつら、そんなに酷いのか？」

聞かれて、伏見は眉間に皺を寄せた。

「いまさらだけど、お前もお気楽だよな。……まあ、全員がそうとは言わないけど、目に付くやつらは、大概だ。《吠舞羅》や周防尊の名前振りかざして、チンピラやストレインに偉ぶってやがる」

「はぁっ!?　尊さんの名前をだぁ？」

「ウヨウヨいるさ。俺は赤の王のダチだの、特別に目をかけられてるだの……ま、事実、《吠舞羅》

入りした連中は、インスタレーションをクリアしてるわけだからな。何も知らねえ相手なら、信憑性《しんぴょうせい》も出るんだろうさ」

そう言って、伏見は非難がましい視線を、カウンターにいる周防の背中に向けた。

周防は基本的に、来る者を拒まない。インスタレーションを特別視するタイプでもないので、挑戦するハードルは低く、それが窮状を招いている一因なのは確かだった。

すると、

「……あ～……」

と坂東が、いかにもばつが悪そうに苦笑いを浮かべた。

「そういや俺、昔のダチから、今度周防さんに紹介してくれって、頼まれてるわ……。酒入ってたんで、任せとけって安請け合いしちゃった……かも……」

「……外さねえな、お前」

呆れた口振りで、鎌本が言う。仲間の冷たい視線を浴びた坂東は、「なんだよ、悪いのかよ、悪かったよ、ゴメンよ!?」と開き直って謝罪した。

しかし、似たような話は山ほどあるはずだった。鎮目町の不良連中だけでなく、《吠舞羅》の威名に憧れて、余所からわざわざ訪れる者が後を絶たない状況だ。周防のみならず、いまこの場にいるような主要メンバーなら、顔を繋ぐだけでも「価値」があると考える者は多いだろう。

元々《吠舞羅》にいる者たちは、世間からはみ出したアウトローである。が、いまこの界隈においては、《吠舞羅》こそ「権威」なのだ。そうしたものに嫌悪感を抱いていたメンバーにすれば、

笑うに笑えない話だった。

と、

「あの」

ぼそっ、と、それまで喋《しゃべ》らずにいた男が、口を開く。藤島幸助《ふじしまこうすけ》。無口だが実直で、飾らない性格の青年である。

「青のクランと戦になる可能性は、どれぐらいあるんですか？」

仲間内では朴念仁《ぼくねんじん》で通っている藤島だが、仲間思いという点では、《吠舞羅》でも一、二を争うメンバーだ。草薙に質問する顔つきからは、落ち着いた中にも、揺るがぬ覚悟が感じられた。

「わからん」

と草薙は素直に応えた。

「まあ、喧嘩したかて、得することもあらへんしな。適当に流したいとは思てるけど……こればっかりは相手があってのことやし」

「じゃあ、結局は向こう次第ってことっスか？」

「せやから、そない怖い顔しいな、八田。当面様子見るいうんは、青の王の人となりを見定めることも込みなんや」

苦笑しながら、草薙は応えた。

何度も繰り返しているが、草薙の結論はすでに出ている。当面様子見。その方針に至るまでには、ここで出たレベルの議論は、とっくに経ているのである。

とにかく、今回ばかりは慎重に動くに越したことはないのだ。相手は他ならぬ「青の王」。「赤のクラン」の参謀にすれば、当然の判断だ。

何しろ青の王とは——

「先代の因縁だってある」

伏見が思わせ振りに言った。店にいる全員——周防を除いた全員が、思わずビクッと伏見をにらんだ。

言うまでもなく、ここにいるメンバーで、「迦具都事件」を知らない者はいない。

「赤と青ってのは、『力』やクランの性質的にも水と油だ。——案外、いまごろは向こうも、こっちと似た感じなんじゃないですか？　赤の王は、どう出るか。神経尖らせて量ってるはずでしょ」

おそらく、その通りだろう。青の王もまた、周防の出方を注視しているに違いないのだ。もしそこに伏見が言ったような「野心」があるとすれば、その視線には危険な思惑が籠もっている可能性が高い。

全員が黙り込む。

そんな中、

「どうなの？　キング？」

相変わらずの軽い口振りで、周防に尋ねたのは十束だった。周防の隣に座るアンナが、身体を硬くし、「……ミコト……？」と周防を仰ぎ見た。

周防は残っていたビールをひと息に飲み干すと、コツ、とボトルをカウンターに置いた。

「――そのときは、そのときだ」

何気ない返答。

だがその台詞は、青のクランとの戦闘の可能性を、決して否定しないものだ。王の台詞は一瞬で場を支配し、クランズマンたちを支配した。カッと店内の「熱」が上昇したかに思われた。

そんな中、草薙は渋い表情をのぞかせ、同じく複雑な様子の十束と視線を交わし合う。周防を見上げるアンナの眼差しを、一抹《いちまつ》の憂慮が過った。

†

《セプター4》の屯所は、椿門《つばきもん》に設けられていた。

登記上の表記はあくまでも「東京法務局戸籍課第四分室」となっており、表札にもそのように記されている。ただし、本棟、西棟、南棟からなる隊舎を始め、グラウンドに道場、車庫や倉庫、さらには隊員寮までを備えた広大な施設である。その屯所を見るだけでも、「分室」という看板がいかに形だけのものか実感できるだろう。

いま、その《セプター4》屯所のグラウンドでは、腰にサーベルを提《さ》げ、青い制服を身に纏《まと》う者たちが、整然と列を成していた。

真夏の陽光が頭上から照り付け、隊員たちの足下に濃く短いインクのような影を落としている。外周沿いに植えられた桜並木はエメラルド色に青葉を輝かせ、枝々から盛大な蟬《せみ》の声を響かせていた。

空には雲ひとつなく、抜けるように青い。

淡島世理《せり》は、隊員たちと同じ青い制服を身につけて、部隊と対峙《たいじ》していた。

あご先を引いて頷く。

「総員抜刀っ！」

淡島の号令の下、隊員たちは一斉にサーベルを抜いた。解き放たれた刀身が陽射しを吸い取り、等間隔で並ぶ銀色の光が、同期した動きで鋭く跳ね上がった。

隊員たちはサーベルを胸もとに構え、刀身を立てる。光り輝いて林立する切っ先は、降り注ぐ陽光をも鋭利な刃で切り裂くかのようだ。

淡島は表情を引き締めると、

「撃剣動作、一式、構え！」

と、再び号令をかけた。

「……一！　……二！」

よく通る淡島の声が、グラウンドに響き渡る。その度に、何十ものサーベルが大気を切り裂き、ぎらつく陽光を弾き返していく。

一糸《いっし》乱れぬ――とまではいかないのは、急造部隊ゆえ致し方ないところだ。むしろ、この短期間でここまで形になっている点を評価すべきだろう。元警視庁や国防軍、あるいは消防庁などの出身者が大半を占めているため、組織行動への順応が早く、体力的なポテンシャルも高い。「兵」として優れた資質を持っている者たちだからこそ、曲がりなりにも形になっているのだと言えた。《セプター4》の中核を担う実戦部隊、撃剣機動課の新隊員たちである。

「……三！　……四！」

号令に合わせ、隊員たちはサーベルを振るう。その「型」は、剣道やフェンシング、その他既存の剣術のものとは、微妙に異なっていた。むしろ「剣術」より、「剣舞」に近いかもしれない。というのも、彼らが剣を振るう目的は、その剣で物理的に敵を倒すことではないからだ。

彼らはすでに、青の王からインスタレーションを受けたクランズマンである。能力者だ。当然、その最大の武器は、自らの「力」である。

そして、能力者にとってもっとも大切なのは「力」の「制御」である、というのが《セプター4》の思想だった。

このため、《セプター4》では個人が無許可で「力」を行使することを禁じている。また、感情に任せて「力」を暴発させることがないように、「力」の発動と操作を、剣の「型」と結び付けるよう徹底していた。つまりこの訓練は、彼らが青のクランズマンとして「力」を的確に発揮できるように行われているのである。

彼らが手にしている「剣《サーベル》」は、自らを律する「指揮棒《タクト》」であり、「力」を操るための

「魔法の杖《スタッフ》」なのだ。

淡島の号令は続く。

いまはまだ完璧とは言いがたい。しかし、一糸乱れぬ連携も、そう遠い話ではないはずだった。《セプター4》の再建計画——そのスケジュールを聞いたときは無謀とも思えたが、いまでは十分な現実味を帯びている。現に、部隊はすでに実動し、成果を重ねているのだ。

《セプター4》は着実に前進していた。

——……それにしても。

ふと我に返り、淡島は思わず苦笑しそうになった。

——まさか私が、な……。

つい先日まで、淡島はどこにでもいる女子大生に過ぎなかった。

……いや、「どこにでもいる」というと正確ではないかもしれない。成績優秀で学年では常に首席だったし、指導力や事務能力も高く、学生自治会では副会長に任命されていた。また、スポーツも万能で、特に剣道では四段の段位を取得している。絵に描いたような文武両道——その上、大学内で行われたミスキャンパスのコンテストでは、本人がエントリーしなかったにもかかわらず二位にダブルスコアの大差を付けて一位を獲得したほどの美貌とスタイルの持ち主である。当人が謙虚で礼儀正しいため嫌みな感じはなかったものの、彼女が才色兼備の極めて優秀な学生だったことは間違いないだろう。

だが、それでも「常人」であることに変わりはなかった。

それがいまや、軍服じみた制服に身を包み、腰には——なんと——サーベルをぶら提げ、見たこともなかったグラウンドに立って、都市伝説に等しかった部隊の練度向上に心を砕いている。目の前の現実の、なんという説得力のなさだろうか。自らの人生のあまりの急展開ぶりを思わずにいられない。

すべての発端は、あのハイジャック事件。もっと言えば、宗像礼司という青年に出会い、彼に見出されたことだ。

宗像が墜落する飛行機を止めた——支配したとき、そこにあった彼女の世界もまた、宗像に支配された。私は王だったんですよと突然真顔で言い出したときも、きっと恐怖のあまりおかしくなったのだ——などと理性が必死に決めつける一方で、本能は、なるほど、とすんなり納得していた。そして、その時点で悟っていた。自分はこの王に仕えるのだろうということを。

予感はすぐ事実に変わった。

初めて屯所を訪れたときのことを思い出す。ハイジャック事件のあと、乗客たちが解放されたのは、翌日朝になってからだった。宗像は空港を出るとその足で椿門に向かい、淡島もそれに同行した。宗像が声をかけてくれたこともあるが、それ以上に聞きたいことが山ほどあったからだ。あの場で別れ、すべてを謎にしたまま、これまでの生活に戻ることなど到底できなかった。

折悪しく、急速に発達した積乱雲が、都内各所に集中豪雨をもたらしていた。

訪れた屯所は、設備の大半が閉鎖された状態だった。撃剣機動課がすでに解散し、後方支援要員の多くも御柱タワーでの勤務となっていたためだ。暗雲の下、篠突《しのつ》く雨に打たれる人気の薄い屯所は、そのどこか懐古的な意匠の外観と相まって、怪奇映画のワンシーンのように見えた。

当時屯所には、ごくわずかな事務員のみが残されていた。

そのわずかな事務員たちの前で、

「初めまして。この度新たな青の王、つまり君たちの王になった、宗像礼司です。以後よろしくお願いします。早速ですが、こちらの資料を閲覧《えつらん》させて下さい。どなたか、案内をお願いします」

そのとき宗像は、唖然《あぜん》とする事務員たちの前でわざわざ《ダモクレスの剣》を顕現させてみせた。最初は機内だったため、淡島も実物を見たのはあのときが初めてだ。暗雲を貫き、稲光《いなびかり》を従えて屹立する、青く、荘厳で、巨大な剣。しかも、剣は周囲のぶ厚い雨雲を押しやり、自らの周囲に穴を開けた。辺りがいまだ未明のような薄闇に閉ざされる中、天空のその一帯だけは、差し込む陽光に白く輝いていた。

淡島は、差していた傘を自分が下ろしたことも、たちまち全身を雨が打ち——それが次第に弱まっていくことにも気付かないまま、ただ両目を見開いて頭上の剣に見入っていた。自分はいま、何か途方もないことに首を突っ込んでいる。その確信は恐怖ではなく、啓示にも似た戦慄《せんりつ》と興奮をもたらした。

その後隊舎に入った宗像は、事務員たちを総動員して保管されていた資料——紙媒体からデータベースまで——を残らず閲覧し始めた。翌日からは黄金の王より使者が送られ、再三御柱タワーに招かれたのだが、ごく儀礼的に対面するだけで一方的に辞退し続けた。結局宗像は、丸三日間屯所から一歩も外に出ず、一時間たりとも睡眠を取らないまま、資料を閲覧し続けたのである。

それからようやく、

「――まあ、こんなところでしょう」

と、資料の閲覧を中断。黄金の王の招聘《しょうへい》に応じたのだった。

資料を戻した宗像は、隊員寮でシャワーを浴びて身支度《みじたく》をすると、残されていた支給品の中からサイズの合った制服を選んだ。

「これも新しく用意したいところですが、差し当たりは我慢しましょう」

と言いながら、同じく残されていたひと振りのサーベルを装備した。

そして、おもむろにサーベルをもうひと振り手に取ると、淡島に向かって差し出し、ランチにでも誘うように言ったのだ。

「――どうですか？　淡島君」

と。

淡島は剣を取った。

そして、青の王のインスタレーションを受けた。

客観的に考えると不可解なのだが、あのとき淡島はまるで迷わなかった。宗像は何ひとつ強制めいた言動は取らなかったし、自分が冷静さを欠いていた覚えもない。即断即決を信条とする淡島であっても、あのときはさすがに熟慮して然るべき場面だったはずだ。

しかし、実際は躊躇《ためら》いもしなかった。

ただ、あのときだけではない。仮に決断の場面がいまこの瞬間だとしても、やはり自分は――

不可解だと思いつつ——躊躇わないだろう。理屈ではない。宗像礼司という青年に対する直感だ。

——何にせよ、すでに道は示され、定まった。

あとは、その道を進む度量が、自らにあるか否か。

「……次っ。撃剣動作、二式、構えっ！」

淡島の号令に従い、隊員たちが「型」を変化させる。だが、次の瞬間、一部の隊員たちが、微かに挙動を乱した。

原因はすぐにわかった。隊舎から一人の青年がグラウンドに出て来たのだ。

彼らの王、宗像礼司である。

淡島が視線を投げると、宗像は小さく頷いた。

淡島は前列にいた隊員の一人に、

「秋山《あきやま》！　続けろっ」

「ハッ！　撃剣動作、二式！」

命じられた隊員が、一、二、と淡島に代わって号令を続ける。撃剣動作が再開する中、淡島はその場を離れて、宗像の元に歩み寄った。

長身痩軀《ちょうしんそうく》。姿勢が良いため、ただ佇んでいるだけでも、均整の取れた体軀が際立つようだ。

眼鏡をかけた理知的な容貌などは、優美さも感じさせる。

だが、それ以上に強く感じるのは、「得体の知れない存在感」だろう。

何者なのかわからない。なのに無視することができない。そして、その「得体の知れなさ」の度合い——底の深さは、おそらく対峙する者によって変わるはずだ。相対した者が慧眼《けいがん》であればあるほど、宗像の底の見えなさは、より強くなる。

「順調のようですね」

側に立った淡島に、部隊を眺めながら宗像が言った。その横顔には泰然とした静かな笑みが浮かんでいる。彼がいつも見せている表情だ。その古拙の微笑も、宗像の得体の知れなさを演出する一因だった。

王の確認に、淡島は「はい」と応える。

「やはり、この撃剣動作は良いです。一見、前時代的なやり方に見えますが、我々のような初心者を能力操作に馴染《なじ》ませるには、実は大変理に適っているかと」

「それだけではありませんよ。撃剣動作の真価は、集団戦にあります。複数人で連携することによって、個々の能力を補強し、増幅することができる。そしてそれが、全体としての『力』を強めることに繋がるのです。そういう意味では、撃剣動作の効果というものは、《セプター4》の思想に通底しますね」

宗像は満足そうに——少なくとも淡島にはそう聞こえた——言った。

撃剣動作による隊員と部隊の強化は、前王である羽張迅の考案によるものだ。宗像はそれを屯所の資料から発見し、さらに独自の改良を加えた上で採用した。

これはあくまで淡島の個人的所感だが、撃剣動作に限らず、《セプター4》という組織には——そして青のクランという集団には——その根底に流れる、「哲学」の存在が感じられる気がした。まず始まりに哲学が存在し、組織としての成り立ちや方針、クランの能力から構成員の気質、果ては撃剣動作のような訓練方法から隊に設けられた各種の規則に至るまで、《セプター4》のあらゆる物事は、その哲学を土台として成り立っているように思うのだ。

その哲学とは、ひと言で言うなら「秩序」。もしくは、「合理性」や「整合性」と言っても良いかもしれない。

あるべきものをあるべき形にすること。

世の事象、物事を、「正しい形」に導くこと。

さらには、その形を維持することだ。

その過程においては、「力」の行使も良しとされる。むしろ、「必要」だと考えられているように思う。そして、《セプター4》の掲げる「正しさ」とは——淡島にはいまひとつ上手く表現できないのだが——最大多数的な正しさ、巨視的、長期的、統括的な正しさであるように思う。たとえどのような立場の人間であれ、「個人」では、定めることが極めて困難な類いの「正しさ」だと言えるだろう。

しかし、それが「王」だとすれば？

——室長には……。

宗像にはその「正しさ」が見えているのだろうか。

いま《セプター4》は、宗像という若き王の下、その哲学を急速に体現しつつある。果たして、宗像礼司の創造する《セプター4》とは、どんな組織になり、何を成し遂げるのか。想像すると小さな武者震《むしゃぶる》いが走る。

「……それにしても」

「はい？」

「私が……青の王がこうだとして、他の王はどのようなものなのでしょうね」

それは、宗像のみならず、淡島にとっても興味深い——というより、大変気になることだった。

かのドレスデン石盤は、七人の王を選ぶという。そして淡島は、宗像以外の王を、まだ知らない。

宗像の話では、黄金の王、國常路大覚は、途轍《とてつ》もない傑物だそうだ。この宗像をしてそう言わしめる人間となると、およそ淡島の想像が及ぶ範疇ではない。この国の真の支配者だと説明されたところで、社会人としての経験がなかった淡島には、王の存在と同じくお伽噺《とぎばなし》のようなものだ。

ただ、七人の王がいるというなら、他の五人の王もまた、宗像や、彼が傑物と評する國常路と同じほどの大人物なのか。

——そもそも、王の存在意義とはなんなのだ？

一人なら、まだわかる気がする。人類を導く存在として、絶対的な王を生み出すというなら、石盤の有する意義も理解できるのだ。

しかし石盤は、唯一の王ではなく、七王を生み出した。さらに言えば、「王のなり損ない」とも言われるストレインをも生み出している。

——王が複数存在することには、なんらかの意味があるのだろうか。

青の王の意義が「正しさ」だとすれば、他の王の意義はいったいなんなのか。

これが「力」の性質ということなら、まだ少しは理解しやすくなる。たとえば、青の王の「力」は「秩序」に象徴される。黄金の王は「繁栄」だ。この二つは、上手く結びつけば共存共栄が可能な性質と言えるだろう。

しかし、他の王は？

――そうだ。特に……。

脳裏を過るのは、過去の悲劇。淡島がその真相を知ったのは、彼女がこの屯所を訪れてからだ。雨の早朝、遥か天空に見た壮大な剣が持つ、もうひとつの側面。王が持つ「力」の象徴が、《ダモクレスの剣》と命名された意味。

「気になりますよね。赤の王」

冷水を浴びせられたようだった。

ハッとして顔を上げれば、宗像はすべてを弁えているような眼差しで――それでいて、例の微笑を湛えたまま――物思いに沈む淡島を見つめていた。

見透かされた気がして、思わず頬が熱くなる。しかし、下手に取り繕おうとはせず、「はい」と率直な返事をした。

「私もです」

と宗像が微笑む。

「先日も、黄金の王にお会いしたとき、つい人物像を尋ねてしまいました」

「黄金の王はどのように？」

「あれも赤の王だ、とだけ」

宗像の台詞に、淡島は唇を噛《か》んだ。素っ気ないが、青の王の腹心となった立場からすれば、好ましいとは言えない評だ。

淡島は思い切って口を開く。

「あのクレーターを作ったのが、先代の赤の王と知った以上……ましてや、そこに前青の王、羽張迅も関与していた以上、無視することはできません。むろん、迦具都玄示はかなり特殊な例だったと考えられますが、いま現在の赤の王が――」

「周防尊」

「――ええ。その周防尊がどのような人物かは、我々の目で早々に見定める必要があると思います。また、《セプター4》の業務的にも、いまの鎮目町の状況には問題があります。避けては通れない道です」

淡島の発言に、宗像は同意して頷いた。

《セプター4》不在の期間、《吠舞羅》はその「力」で、彼らが本拠地とする鎮目町界隈を支配してきた。ストレインの情報を登録し管理するという《セプター4》の業務上、赤のクラン《吠舞羅》は、大きな障害となる可能性が高い。

ましてや、

「私も調べてみましたが、予想通り、現在の鎮目町では《吠舞羅》を頂点とした歪《いびつ》な権力構造が形成されているようですね」

「やはり……」

「特に、組織の下部グループの中に、かなり横暴な者がいるようです。先日発生したマフィアと彼らの抗争。あれも、そうしたグループの行きすぎた示威行為があったことが判明しました」

「そのグループは――？」

「ええ。すでに特定しています。このまま放置すれば、いずれは次の火種を生むことでしょうね」

そう言って、宗像はグループの情報を伝えた。

淡島は唇を噛んだ。

鎮目町で、ある種の秩序が形成されているのは認める。だが、それは「正しい」秩序とは言いがたい。現に、ストレインによる犯罪率は上昇しているのである。しかも、そのうちの一定数は、明らかに《吠舞羅》の下部メンバーが関与している。

青のクランズマンとして、《セプター4》の一隊員として、看過できないことだ。少なくとも、淡島にはできない。

王と王との関係性、他の王に対する立ち位置など、厳密な意味合いは、淡島にはわからない。

しかし、

「……室長。この際、そのグループは鎮目町に介入するための、絶好の口実となるかと具申します」

淡島は、含みのある言い方で提案した。

宗像はすぐには応えなかった。ただ、目を掛ける教え子が、提示した課題に必要にして十分な回答を用意したのを見てとった教師のように、にこやかに頷いた。

「ただ……」

「――はい？」

「そこまで踏み込むには、少し時期尚早《じきしょうそう》な気がします。私はまだ、周防尊という王を知らない」

宗像はそう言って、おもむろに踵《きびす》を返した。

淡島はその背中に、真意を問う視線をぶつける。

しかし、

「……続けて下さい。撃剣部隊の練度は、まだまだ足りません」

軽やかな口振りで言って、宗像は隊舎に向かった。

淡島は、王の背中が隊舎に消えるまで、じっと見つめ続けた。そして、元いた場所に戻り、王の指示に従った。

4

熱い。

身体が燃えるようだ。

ぶすぶすと肉が焼ける。ぐつぐつと血が煮える。

周りの物は皆、熱を発していた。周りの者は皆、熱を押しつけてきた。縛り付け、のしかかり、妨げ、封じ込める。束縛し、熱を凝縮してくる。

内に籠もる熱は、もはや耐えがたかった。脳が沸騰《ふっとう》し、どろどろに溶ける気さえした。いますぐ解き放たなければ気が狂う。だから、その熱を拳に込めて、叩《たた》きつけてきた。熱を押しつけるものに。縛り付けるものに。のしかかり、妨げ、封じ込めるものに。束縛しようとするものすべてに。

己を阻《はば》む壁、有形無形の圧力に、全力で反発する。押しつけられる熱を、灼熱に変えて叩き返す。

その瞬間だけ、迸る熱は快感となって神経を焼いた。不快を振り払う熱波が、滾る自由を目映く輝かせた。

心地良かった。

だから――

殴って。

砕いて。

貫いて。

突き抜けて。

望外の喜びは、その快感が自分一人のものではなかったことだ。束縛からの解放に歓喜し、破壊を望む者は、身の回りに何人もいた。同じ鬱屈を抱える者たち、同じ苛立ちを覚えていた者たちが、側にいた。その先頭に立って力を振るった。仲間たちは快哉《かいさい》を叫び、その響きは新たな熱を——心地よい熱をもたらした。

ふつふつと力が湧いた。傷つき、苦しくとも、なお前に進む力だ。惑い、怯んでなお、諦めない力だ。

生命の熱だ。

そしていま。いまだかつてなく、熱い。苦しい。肉が焼けただれ血がひりつき、苛立ちが脳髄を隅まで埋め尽くす。

上等だ。

牙を剝き、欲望を剝き出しにして、振るった「力」は……。

すべてを薙ぎ倒した。

何もかもを焦土と化した。

共に喜ぶ者たちも、すべてこの手で消し飛ばしていた。

広がるのは、荒野。かつて夢に見た荒野。

その茫漠とした光景を前にして、しかし心は躍ることなく、血が凍り付き、芯まで凍えて、自分は、俺は、こんな、違う……。

喘ぎとも唸りともつかぬ、噛み砕くような声をもらして、周防は目を覚ました。全身が汗に濡《ぬ》れ、心臓が壊れたように激しいビートを刻んでいた。

胃がひっくり返りそうな悪寒《おかん》と、激しい手足の痙攣《けいれん》。貪るようにぬるい空気を喰らい、夢と現実の狭間で藻掻《もが》く。

紛れもない恐怖と共に辺りを見回した。破壊の痕跡が何もないことを、食い入るように確認した。

そこにあるのは、いつもの光景。何も変わらない、バー『ＨＯＭＲＡ』二階の部屋。

すべての神経を張り詰め、その事実を何度も確認した。

そして、ようやく息を吐いた。

安堵《あんど》の直後には、ねっとりとした息苦しい熱気が、周防の全身をすっぽりと包み込んでいた。

†

とりあえず煙草に火を付けた。

周防はベッドに腰掛けたまま、煙を肺に入れる。それから、身体の中にあるものすべてを吐き出すように息を吐いた。

まだ全身の細胞に熱が残っているようだ。頭の芯が特に酷い。泥のような微熱に、重苦しい鈍痛を感じる。くそ、と胸中で毒づき、もう一度煙草を吸う。

目蓋《まぶた》を閉じるとまだ夢の中の光景が焼きついていた。破壊の荒野。度しがたいのは、その光景を忌避する一方、悪くないと思う自分がいることだ。惨状を理解しながら、それでもなおあの光景を、清々しく爽快に感じる感性の存在だった。

そこには束縛がなかった。自由があった。

己の力に基づく、ありあまる自由が。

くそが。顔をしかめ、立ち上がる。

窓の外を見れば、相変わらず灼熱の陽射しが、白々と世界を照らしている。何事もない平穏な煉獄を想像して、周防は忌々しげに舌打ちした。

灰皿で煙草を揉み消し、部屋を出る。

周防が寝起きしているのは、『ＨＯＭＲＡ』の二階だ。シャワールームで汗を流し、廊下から階段へ。その手前で、階下の声が聞こえてきた。

「……間違いないんか？」

「うん。伏見も別ルートで確認してくれた」

苦々しげな草薙の声。応えたのは十束だ。

「やれやれ。予想はしとったが、叩いた途端に埃《ほこり》が出たな」

「ごめん。俺の責任だね」

「まあ気にしぃな。俺かてスルーしとったんや。しゃーないわ」

「マフィアの人たちには気の毒だったかな」

「そっちは自業自得や」

マフィアと聞いてなんのことかわかった。先日の抗争絡みだ。なんとなく会話の内容を察しつつ、周防は音を鳴らして階段を降りる。

足音が響くと同時に、二人の会話が止んだ。一階に降りたところで、草薙と十束が顔を向ける。

「キング。おはよー」

「このクソ暑いのに、こんな時間までよう寝とれるな」

十束がのんきに、草薙が呆れた笑みで声をかけた。二人とも直前までの深刻さはまるでない。気の良い、普段通りの態度だ。周防は肩を竦めると、カウンターのいつもの席に着いた。

「……アンナは？」

「鎌本んとこにお使いや」

頷き、煙草に火を付ける。草薙が慣れた手つきで灰皿を差し出した。

水を一杯頼み、半分ほどをひと息に飲んだ。氷の浮かぶミネラル・ウォーターが、体内を滑り落ちていく。その感触に、少しだけ気が休まった。

おそらくは聞かせたくないのだろう。最近自分の内圧が高まっていることなど、この二人ならお見通しのはずだ。余計な負荷はわずかでも掛けたくないという、心遣いは素直にありがたい。

しかし、

「……それで？」

ゆっくりと煙草を吸い、灰を落としつつ、周防は尋ねる。

「揉めてんのか？」

草薙が片方の眉を持ち上げ、十束は上目遣いになって、互いに視線を交わし合った。こういうときだけ気が回るとでも、内心ぼやき合っているのだろう。

「なんや、聞いとったんか」

「聞こえただけだ。この前のマフィアの件らしいな」

「うん、まあね。……実はあの抗争、うちの新人が発端だったみたいで……」

「喧嘩でも売ったのか」

「言ってしまえばそういうことなんだけど……どうも、あの人たちがやってたドラッグ絡みの商売に、ひと口嚙ませろって恐喝したそうなんだよね」

それを聞いた周防の眼光が、鋭さを増した。なるほど、二人が口を濁らせただけあって、不愉快な話だ。

あえて皮肉っぽく笑い、

「マフィア相手に、気合の入ったことだ」

「阿呆。ネジが飛んどるだけや」

「……で？」

「うん。向こうに断られたから嫌がらせを始めて、それがどんどんエスカレートしていった結果だったみたい」

促され、十束が弱ったように言った。

前回周防たちが動いたのは、《吠舞羅》のメンバーがマフィアからの襲撃を受けたからだ。襲撃に対する報復。そして、これ以上メンバーに被害者を出さないために、戦端を開いたのである。

しかし、そもそもの原因は、どうやら《吠舞羅》側にあったらしい。

もちろん、鎮目町界隈でドラッグビジネスとなれば、見逃すわけにはいかない。いずれ、衝突は避けられなかっただろうが……。

「むしろ、あちらさんが断ってくれて良かったわ。《吠舞羅》がドラッグディーラーの片棒担《かつ》ぐなんて、考えとうもない」

《吠舞羅》はいわゆるストリートギャングの集団だが、非合法ビジネスには手を出していない。例外的に、対ストレインのトラブルシューティングなどはクライアントが「その筋」の人間の場合もあるのだが、その分受ける依頼は厳選している。チームとして越えてはならない一線を設けているのだ。

巨大な力を有する集団故の自戒——という意味合いもあるが、それ以上に、周防たち幹部の「趣味ではない」ということになるだろう。

ただ、それを不満に思う者も、いまの《吠舞羅》には存在している。

「十束が言うた『嫌がらせ』にしても、あることないこと吹聴しつつ、他の新人も煽《あお》って巻き込んどったらしい。面白半分の悪ふざけみたいなんから商品の強奪まで、色々やったみたいでな。道理で、向こうがキレるんも早かったはずや」

草薙にしろ、《吠舞羅》の一部とマフィアの間で小競り合いが続いている状況は把握していたのだ。しかし、メンバーへの聞き取りや仲裁に乗り出す間もなく、ごたごたは抗争にまで発展してしまった。

相手が武闘派だったこと、また構成員の多くが外国人で《吠舞羅》の実態をあまり知らなかった等の条件も重なっている。だがそれでも、下部メンバーが火に油を注がなければ、もう少しスマートに解決できていたはずだ。

周防は話を聞きながら、遠い眼差しで煙草をくゆらせた。

聞けば聞くほど下らない話に思えた。うんざりするような馬鹿馬鹿しい話。だが、果たして人のことは言えるのかと問えば、笑えなくなる。

たとえばあの晩、自分は十束が止めていなければ、いったいどこまでやったろうか。己の快感のために。あるいは、身を焼く苦痛から逃れるために。

身体の奥から苦いものが込み上げてくる。

「……どの連中だ？」

「三ヵ月前にインスタレーション《テスト》受けた、矢俣《やまた》っての、覚えてるか？」

「いや」

「そいつが中心のグループで、いまは七、八人でつるんどる」

草薙はそう言うと、面倒そうに頭を掻いた。

年長者らしい、気苦労と達観の入り交じった表情で、

「まあ、言うても小物や。多少目端の利くガキが、粋がって悪さしたってぐらいの乗りだったんやろ。けど、相手がマフィアで、ガキどもは歩く火炎放射器となると、なかなか洒落では済まん」

と、真剣な声音で苦々しく言った。

「何より問題なんは、その手の粋がったガキが、そいつらだけやないってことや。下のもんの間では、その程度の無茶ならしても構わんやろってな、舐めた空気がある。それどころか、次は俺も、次はもっとって具合に、度が過ぎていきよる。しかもいまの状況やと、どんだけ調子に乗っても、大抵まかり通ってまう。さすがに手を打たなあかんで。それも、早々にな」

そう言いながら、草薙は自分にもグラスを用意し、水を注いだ。

口を付け、ひと息ついたあと、

「ほんま、堪忍して欲しいわ」

と、辟易《へきえき》とした様子で大げさに嘆いた。

「ただでさえ《セプター4》が活発化しとるいうのに、身内が余計な仕事増やしよってからに」

「やっぱり、俺がもう少し新人に目を光らせておけば……」

「せやから、さっきも言うたやろ。お前だけの責任ちゃうわ」

《吠舞羅》では慣習的に、新入りの面倒は十束が見ることになっていた。しかし、その慣習が機

能しなくなって、もう何ヵ月も経っている。草薙が何度も言っているように、十束の怠慢というよりは、新入りが多すぎるのだ。

ふと――

先日の集まりで伏見が向けていた非難がましい眼差しを、周防は思い出した。

来る者拒まず。それは、「仲間を選ぶ」ような真似《まね》に抵抗を感じたからこそ、自然と根付いた方針だった。

クランとはいえ、《吠舞羅》の成り立ちはストリートギャングからだ。《吠舞羅》入りの意思を表明すること自体、ある種のレッテルを自らに貼ることでもあった。世間に己の意地を通すからこそ、世間に居場所がない者たち。そんなはぐれ者を仲間として受け容れる場所として、《吠舞羅》は機能していたのである。

しかし、それが現状の大本の原因だというなら、その方針も変更すべき時期が来ているのだろうか。これからは、仲間は「選ぶべき」なのだろうか。周防は煙草を吸い、グラスを呷《あお》った。さっきよりぬるくなった水が、喉の奥に流れ込んでいく。

「草薙さん。具体的には、どうするつもり？」

「まあ、こないだ言うとった綱紀粛正ってやつやな。面倒やけど、最低限のルール決めて、それを下にも徹底させる。逆らうやつは――締める」

草薙はさらりと言う。なんでもない口調だが、彼をよく知るいつものメンバーなら、青ざめていたかもしれない。

「……結局、力尽くで押さえ込むしかないのかな……」

「嫌な言い方せんといてんか。なんせクランズマンやしな。除名だの破門だのできるもんでもあらへん。……こうなると、伏見が言うとった通り、いっそ《セプター4》に預けて頭冷やさせるんもアリかもしれん」

グラスを片手に、冗談か本気かわからない顔で草薙は投げ槍《やり》に言った。十束が元気のない様子で、それでも笑顔を見せる。

そして、周防に顔を向け、

「キングは？　何かある？」

「…………」

「キング？」

十束がきょとんとして聞き直したが、周防は応えず、目も向けなかった。「尊？」と草薙まで怪訝そうに尋ねたが、それでも返事をする気になれない。視線をじっと煙草の先に据え、ただ考え、思っていた。

しかし、答えは出ない。

「……お前たちの好きにしろ」

放り出すように言うと、草薙が顔をしかめた。

「お前な。いくら鬱陶《うっとう》しい話やからって、もちっと真面目に考えんかい。お前一応、俺らの王様やねんぞ」

両手を腰に当てて、周防をねめつける草薙。十束が「まあまあ」と苦笑しながら横から宥めた。

「でも、キングもさ？　たまにはいつものメンバー以外と話してみるのも、悪くないかもしれないよ？　最近ちょっと沈みがちみたいだし——たまには気分転換ってぐらいの軽い気持ちでさ」

「コラ。甘やかしいな。てか、今回ばかりはこいつにやって、ガツンと言ってもらわな示しが付かんやろ」

「キングがガツンとやった日には、《吠舞羅》が壊滅しちゃうよ」

「それぐらいの気合でやらな、ガキどもの躾《しつ》けなんかできへんで。理屈が通じんどころか、口で言うたかてろくに耳貸すような連中やないからな」

草薙の言い様は辛辣《しんらつ》だが、実態は当たらずとも遠からずだろう。聞き分けの良い——「話してわかる」ような者なら、そもそも《吠舞羅》に入ろうなどとは考えないに違いないのだ。

「和」より、「我」を。

さらに言えば、「利」より「快」を望み、選択する者たちが、《吠舞羅》なのだ。

逆に言えば、だからこそ——「和」ではなく「我」に基づき、「利」ではなく「快」を選んだ上での結束は、鋼《はがね》の強靱《きょうじん》さを誇る。仲間のために自ら望んで身を投げだし、王のために惜しげもなく命を燃やすのだ。それが、《吠舞羅》の持つ根本的な強さだった。

しかし、当然ながら、そうした独立独歩の——あるいは自己中心的な気質の持ち主たちが、自らの意思で団結するケースは希だ。《吠舞羅》は、周防という強大な王が中核となってクランの結束を成立させているが、王に対する忠誠や絶対服従を強制するような真似は、一切していない。

そのため、クランズマンに自発的な忠誠心やチームに対する帰属意識が生まれるまでには、相応の時間が掛かるのである。

それで構わない、と周防を始めとする幹部や古参メンバーたちは考えている。

だが、今回ばかりはそうも言っていられない。チーム全体としての意思を、トップダウンで「強制」する必要がある。そう判断せざるを得ない状況なのだ。

……と。

そこまでは、わかる。頭ではわかっているが、しかし……。

「皮肉だな」

気がつくと口に出していた。草薙と十束が鋭く反応して、独りごちる周防に注目する。

「俺たちがいつも逆らってきたのは、そういう……俺たちに何かを『強いる』奴らだったってのに」

周防は気がつかなかったが、そのとき彼の唇にはうっすら自嘲《じちょう》が浮かんでいた。

十束が真剣な眼差しになり、

「キング――」

と、何かを伝えようとする。

しかし、とっさに言葉を続けられない。

代わりに、草薙が釘を刺すように告げる。

「……勘違いせんとけよ、尊。連中は、全員『望んで』こっちに来たんや」

きっぱりと告げる草薙の台詞に、しかし、周防の自嘲はより深くなった。

「俺の『力』を求めて、な」

らしからぬ、陰に籠もった王の台詞に、草薙はあえて、

「せや」

と強く応えた。

「それで得た力を、あいつらは自分本位に振るっとる。やったら、与えたもんの責任として、手綱を締める必要があるとちゃうんか？　俺らはいつも、降りかかる火の粉を払うために、力を用いてきた。火の粉を振りまくためやない。お前が否定しようが、俺が、断言できるで」

草薙は胸を張り、堂々と言い放った。年下の友を見据える眼差しは、真っ直ぐで、揺るぎがない。

だが、いまの周防には、それが眩しい。正面から直視できない。

「尊。炎には、色んなもんが寄ってくる。けど、それは炎の責任やない。自分から飛び込んで焼け死ぬもんが、おらんとは言わへんけどな。炎の輝きや熱やらに助けられとるもんかて、大勢おるんやぞ」

「…………」

周防は年上の友の言葉に、黙って耳を傾けた。

おぼろげな視界の先で、煙草の火が明滅している。ゆっくりと灰を作る、小さな火。周防の心情や草薙の助言などまるで気にせず、ただジリジリと燻っている。

やるせない鬱屈が、積もり、極まり、転じて破裂しそうだった。またしても形のない苛立ちが広がり、全身を蝕《むしば》んでいった。

十束が、

「キング」

と、もう一度声をかけた。

「最近また、キツイみたいだね」

穏やかで柔らかな、すっと心を沿わせるような暖かい声だ。

「……抑えるさ」

と周防は応える。

「力尽くでもな。ただ、ただ……」

ただ。

たとえ暴走しなくとも、自分の「力」はただ、ここにあるだけで、破滅を招いてはいないだろうか？

己のため、そして仲間のために、「力」を振るってきた。そしてまた、解放を求め暴走しそうになる「力」を、懸命に抑え付けてきた。

その結果、いまや周防の「力」を――「威」を笠《かさ》に着て、他者をいたぶる者がいる。その制裁に、「力」を用いる現状がある。

ならば、どこに答えがあるのだろう。

「ねえ、キング。草薙さんの言う通りだ。あんたに助けられてる人間は、いっぱいいる。俺だってそうだ。前にも言ったことあるよね？　あんたの力は、破壊のためにあるんじゃない。仲間を守るためにあるんだ」

十束が珍しく語調を強めた。心から周防を案じ、少しでも彼の負担を減らそうとする強い思いが、そこにある。それは、よくわかる。

しかし、

「……誰から、だ？」

自虐的に、そして皮肉っぽく顔を傾け、周防は十束を見つめ返した。粘りけのある視線が、無防備な十束に絡まった。

苛立ちが脳を支配する。自分で自分をコントロールできない。

「俺から、か？」

と、嗤《わら》う。

十束が青ざめた。

直後、草薙の手首が翻《ひるがえ》った。

バシャッ、と音を立てて周防の顔に水が浴びせられる。周防は瞬間的に熱を冷まされ、とっさに目を閉じたあと、ゆっくりと目蓋を開けた。

ぽた、と突きつけられたグラスから、滴《しずく》が一滴、カウンターに落ちる。もし、この場にいつものメンバーがいたなら、全員蒼白《そうはく》になって息をすることも憚《はばか》ったに違いない。

「何一人で熱うなっとんねん。頭、冷やせ」

草薙は片方の眉を持ち上げ、飄々《ひょうひょう》として言った。クッ、と周防は素直に笑い、そのまま全身に力を入れてのそりと席を立った。

「十束」

「……キング！」

「悪い」

そう詫《わ》びると、二人に背を向けて店の出口に向かう。

十束が慌てて声をかける気配を察し、

「夜には、戻る」

と言い残して、バーを出た。

店を一歩出るとたちまち陽射しが降り注ぎ、視界を――世界を、真っ白に染め上げた。

このまま、頭の中も、真っ白になればいい。そんな叶わぬ願いを嘲笑《あざわら》いながら、周防は行く当てもないまま歩き始めた。

†

周防の背中がドアの向こうに消えたあとも、草薙と十束はしばらくの間、無言でドアを見つめていた。

いつになく空気が重い。それだけ二人にとっても、久しぶりに味わった深刻なシーンだったのだ。

やがて、

「草薙さん……」

十束が、彼には珍しい、縋《すが》るような表情をのぞかせた。草薙はばつが悪そうに——というより、そういう態度で苛立ちを誤魔化しながら——頭を掻《か》いた。

「ったく……日頃はぐうたらしとるくせに、トップの責任でも感じとるんやろか。どうにも、ズレた奴やで」

言い様は憎々しいが、本気で案じているのはわかる。草薙の視線は、再び周防の消えた店のドアに向かっていた。

「その癖、言葉が足りんのは相変わらずや。……なんや、今回の件、色々思うところがあるみたいやな」

「うん……。それに、チームの問題だけじゃなくて、最近力を持てあましてることも、重なってるんじゃないかな。特に今回は、キングの力のせいで——赤の王の存在感が大きくなりすぎたことが、色んな問題の根っこにある気がするし。そのことを、きっとキング自身も、わかってるんだよ」

十束が自らの懸念を口にすると、草薙は「しゃあない」と沈痛な様子で首を振った。

「いつぞやも言うたやろ。所詮俺らには、王の苦しみなんか実感できん」

「けど」

「心配せんでも、あいつはそない簡単に潰《つぶ》れるほど柔やない。俺らは、あいつを信じて、普段通り構えとったらええねん。それしか、ないわ」

草薙はそう言うと、苦笑とも嘆息とも取れる仕草で肩を竦めた。

十束がぽつりと、

「……しばらくは、そっとしておいた方がいいよね」

その台詞には、役に立てない悔しさが、隠しようもなく滲《にじ》んでいた。草薙は優しく、「せやな」と頷く。思いは彼とて同じなのだ。

周防は強い。いまはバランスを崩しているが、それでも自分自身に押し潰されたりはしない。少し時間をかければ、自力で持ち直すことができるだろう。

ただ問題は、草薙や十束がそっとしておいたとしても、周りの「状況」が周防を放置しないという点だ。

「……ああ、そうや。代わりに言うたらなんやけど、十束、ちょっと頼まれてくれるか」

「なに？」

「矢俣の件や。下のもんの規律とは別に、そっちはそっちで処理しとかなあかんからな。こういうのを上手くやれるんは、なんだかんだいうてお前しかおらん」

ごく事務的に草薙は言ったが、あるいはそれも、自身の無力を責める十束に対する、彼なりの気遣いかもしれない。

十束はそんなニュアンスを感じ取ったのか、無理に明るい表情を作り、

「……わかった。任せて」

と笑みを浮かべた。

†

それは、久しぶりに感じる怒りであり、憎悪だった。

信じていたものに裏切られる痛み。預けていたはずの背中から伝わる喪失感。

仲間と思っていた者の、薄汚い本性。

「か、勘弁して下さい！　とにかく、始めたのは矢俣なんっス！　俺らはそれに乗っかっただけで——て、てかっ、そうしなきゃハブられるし、仕方なくってていうか!?」

ちっぽけな炎をひけらかし、街の不良を脅《おど》していた新入りは、我慢ならなかった八田の拳ひとつで、情けなく喚き、這いつくばっていた。そのみっともない反応に、そしてそんな態度を取らせた自分にすら嫌気が差しながら、それでも八田はどうしても、腹の虫が収まらなかった。

こんなクズ野郎が周防のインスタレーションを通過したことが信じられない。《吠舞羅》の一員であることが耐えられない。八田の愛するチームの一人が、いま目の前にいるふざけた野郎だという事実に、怒りのあまり目が眩む。

灼熱の陽射しに照らされた路地。熱したアスファルトがサンダルの底を炙っている。全身から

吹き出す汗は不快にまとわり付き、拭っても拭っても、振り払うことができない。感情が、抑えようもなくヒートアップしていく。

八田が日頃感じることのない感情。

忌々しい、という情念。

が、

「――その辺にしとけ」

極北の冷気が吹き込むかのように、相棒の声が八田の熱を和らげる。伏見は、壁際のわずかな日陰に身を寄せながら、だるそうに声をかけた。

「別に、そいつだけのことじゃねえ。言ったろ？　ウヨウヨいるってよ」

伏見の台詞を背後に聞きながら、八田は《吠舞羅》の新入りをにらみ続けた。きつく拳を握り締めたまま、いまにも切れそうだった感情を、ゆっくりと落ち着かせた。

この男は、矢俣大智《だいち》というメンバーの取り巻きの一人らしい。八田や伏見よりは年上だろう。「いかにも」な格好をしているが、やや長身なだけで体格は貧相だ。喧嘩慣れしていないことも明らかで、一発殴られただけで完全に戦意を喪失――どころか抵抗や反発する意思すらなくしていた。

もちろん、《吠舞羅》の切り込み隊長である八田の評判を知っているという理由もあるだろうが、もっと単純に、自分が受けた「痛み」に竦み上がっているのがわかる。

他人の痛みには鈍感で、平気で人を傷つけるくせに、自らの痛みには酷く過敏で、歯向かう素振りも見せずに卑屈になる。八田が一番嫌いなタイプだ。

しかし、何よりも許せなかったのは、この男が《吠舞羅》と周防尊の名前を振りかざし、自分の欲望のために利用していたことだった。

伏見の話によると、この男は矢倶たちと一緒に、先日《吠舞羅》が壊滅させた海外マフィアに「ちょっかい」を出していたらしい。しかもその発端というのが、彼らが扱っていたドラッグビジネスを、自分たちにも手伝わせろと持ちかけたことだというのだ。要するに彼らは、鎮目町でドラッグを捌くなら分け前を寄越せと、マフィアに向かって要求したのである。

硬派な八田にすれば、それだけでも度しがたい。問答無用で腐った性根を叩き直してやりたくなる。

しかし、何より八田を激昂《げきこう》させたのは、彼らがマフィアと交渉する際、「これは《吠舞羅》と周防尊からの要求だ」と偽って交渉に臨んだという点だった。

その話を伏見から聞いた八田は、じっとしていることができずに街に飛び出した。そして、《吠舞羅》のメンバーに片っ端から声をかけて矢倶たちの居場所を聞き、最初にこの男に辿《たど》り着いたのである。

「テメエみてえなクズが、尊さん騙《かた》ってんじゃねえ……っ」

唸るように吐き出した台詞とマグマのような眼光に、男は尻餅をついたまま、震え上がって後《あと》退《ずさ》りした。

八田にとって、《吠舞羅》と周防は特別だった。《吠舞羅》は自らが所属するクラン、チームというに留まらない居場所《ホーム》であり、周防は単なるリーダーや王を超えた、畏敬と憧憬《しょうけい》の対象なのだ。

八田は、良くも悪くも純粋だが、粗野で不器用なため、往々にして周りからは煙たがられた。伏見とつるんで、世間を敵視していただけのガキだった。その自覚が、いまでは、ある。

しかし、《吠舞羅》と周防はそんな自分に、信頼できる仲間と、何にも代えがたい誇りとを与えてくれた。この二つに比べれば、能力者としての「力」などおまけのようなものだ。八田は《吠舞羅》と仲間たちを愛しており、周防のためなら命を懸けることも躊躇わない。むしろ、誰よりも先に《吠舞羅》に貢献し、周防の役に立ちたいと願っていた。それが八田の誇りであり喜びなのだ。

それだけに、この二つに敵対する者、貶《おとし》め、汚し、害を為そうとする者がいれば、看過することは決してできない。

ましてや、今回《吠舞羅》と周防を虚仮《こけ》にしているのは、同じ《吠舞羅》のクランズマンだというのだ。周防から分け与えられた「力」や《吠舞羅》の存在を笠に着て、他の者たちをなぶっているのだ。

到底許しがたい。

「……くそっ！」

駄目だ。伏見に諭《さと》されて一度は冷静さを取り戻したが、考えれば考えるほど腸《はらわた》が煮えくりかえる。暴発寸前の八田に気付いているのか、男は真夏の陽射しに晒《さら》されながら、ガタガタと震え続けている。

「とにかく」

と伏見が再び冷めた口調で言った。

同じ人間を見ているとは思えないような無機質な眼差しで、アスファルトで腰を抜かす男を見下ろした。

「お前も聞いてるだろ？　新しい青の王が出て来てから、《セプター4》は急速に体制を整えてる。厄介事は迷惑なんだよ。今後二度と余計な真似はするな。……ああ、いや、言い方が半端だな。『何も』するな。上が命令するまで、息をするのも憚って、死体みたいに過ごせ」

そう一方的に告げると、「できるな？」と冷笑を浮かべた。

「できないなら、いまのうちに言え。代わりに俺たちが、いますぐこの場で、死体みたいにしてやるよ」

「で、できますっ。やります！」

男は一も二もなく頷いた。

こんな男の約束などまるで信用ならないが、恐怖で縛ることならできる。伏見は嫌みな仕草で鼻を鳴らすと、「失せろ」と小さく——しかし剃刀のように鋭く告げた。男は露骨に安堵し、卑しい愛想笑いを浮かべて立ち上がった。

しかし、

「待て」

八田が止める。その眼光は、些かも怒りを弱めていない。

「矢俣の居場所を教えろ」

「――おい」

「猿比古は黙ってろ」

口を挟もうとする伏見を退け、八田は一歩、男に詰め寄った。男は顔色を変えると、口を濁す素振りもなく、すぐさま仲間がたむろしている店の名前を教えて、その場から逃げ去った。命じておいてなんだが、つくづく気にくわない男だ。

男が去ったあと、伏見は見るからに面倒くさそうな顰め面で舌打ちした。

「いい加減にしろよ。何度も言うけど、あいつらだけじゃない。それに、いくら殴ったって、変わりやしねえよ、あいつらは」

侮蔑《ぶべつ》も顕《あらわ》に、吐き捨てるように言う。

八田とは似て非なる理由ではあるが、伏見もまた、あの手の連中を吐き気がするほど嫌っている。嫌悪の度合いでいえば、あるいは八田以上なのかもしれない。

「……許せねえんだよ」

と八田は憤りを込めて言った。

「《吠舞羅》をバカにする奴も、尊さんの男を下げるような真似をする奴も……っ」

悔しそうな八田を見て、伏見は辛辣な苦笑をのぞかせた。

「あのな。お前みたいに、《吠舞羅》が《吠舞羅》がってやたら持ち上げるのがいるから、周りもその気になって、あいつらも調子に乗るんだぜ？　尊さんは別に、過剰に祭り上げられることを望んでなんかねえだろうよ？」

ぐっ、と言葉を詰まらせて、八田は伏見を振り返る。馬鹿馬鹿しいといった伏見の眼差しに、つい視線を落とし、うつむいた。

伏見の指摘は、一理ある。それぐらいは八田にだってわかる。八田が敬愛して止まない王は、決して他者の評価などに気を向けることがない。何ものにも捕らわれず、自由で、爽快で、雄々しい。陳腐を承知で言うならば、文句なしに「格好いい」のである。心の底から痺《しび》れるほどに。

だからこそ――

その「格好良さ」を貶めるような輩が、許せないのだ。

「だいたい、あんなクズでも、《吠舞羅》のメンバーだぜ？　いいのかよ？　勝手に脅して？　《セプター4》の目があるいま、クラン内部の揉め事なんて、《吠舞羅》としても不味いんじゃねえの？」

伏見はククと低く笑いながら、「知らねえぞ？　草薙さんに怒られても」と、からかい口調で言った。八田の困る顔を見るのが楽しいと言わんばかりの表情だ。実際、《吠舞羅》を愛する八田だからこそ、《吠舞羅》の不利益になるようなことはなんとしても避けたいのである。

ところが、

「……構わねえ」

八田の声音は真剣だった。伏見が、意表を衝かれた顔になる。

「無理だ。どうしたって、このままじゃ収まらねえんだよ。草薙さんに説教喰らおうが、今回ばかりは、構わねえ。尊さんたちの指示待って、大人しくなんかしてられねえ。それより先に、一回痛めつけねえと気が済まねえ」

激昂し——それでいて妙に淡々とした口振りで、八田は言った。

そして、おもむろに顔を上げて伏見を見つめ、

「気にくわない奴がいるから、なんとしても、殴る。……駄目か？」

「…………」

伏見はすぐに返事をしないまま、マジマジと八田を見つめ返した。

やがて、

「……いや」

と小さくつぶやき、

「駄目じゃねえ……いいぜ、美咲。そういうのは、悪くねえ」

そう、ギラギラと目を輝かせた。

八田は我が意を得たように、ニッと太々《ふてぶて》しく笑う。

伏見に頷き、

「来るよな、相棒？」

伏見は——本当に久しぶりに——会心の笑みを浮かべた。どこか妖しく、危険で、深い、笑み。

望んで堕《お》ちる、宿業《しゅくごう》の笑みだ。

「ああ、相棒。行こうか」

5

灼熱のシャワーを全身に浴びながら、周防は行く当てもなく街を彷徨《さまよ》い歩いた。

湿度の高い真夏の大気が、アスファルト上に陽炎《かげろう》を見せる。不確かに揺らぐ風景に、現実の境目が曖昧になる。まるで熱に酔っているようだ。周防はふらふら揺れる暑気の中を、黙って、無心に、歩き続ける。

周りを行き交う通行人たちも、熱さに憔悴《しょうすい》した精気のない顔をしていた。それでも歩みを止めることなく、何かに追い立てられるように先を急いでいる。不機嫌そうな話し声。タンマツの着信音。抑揚の乏しい街頭アナウンスの奥では、ＢＧＭのポップスが流れている。夏を謳歌《おうか》する陽気な歌詞が、うだるような通りに空々しく響いた。

暑さとノイズ。他者からもれる、負の感情。気がつけば、またいつもの形のない苛立ちが、全身に絡みついていた。逃げようが暴れようが、振り払うことのできない苛立ち。周防の炎でも、焼き切れない縛め。周防は自虐気味に鼻を鳴らす。そして、ほとんど意識することなく、大通りから離れた。

丁度通りかかった公園に入る。

ベンチを見つけ、腰を下ろした。

陽射しを遮る物のない公園には、まるで人気《ひとけ》がなかった。腰を下ろしたベンチも、いまにも発火するかと思われるほど熱されている。見る者のない噴水が陽光にぎらつき、光の粒を撒《ま》き散らしていた。

直射日光が世界を漂白し、白熱の色で色彩を塗りつぶしている。

周防は煙草を取り出し、火を付けた。

風は凪《な》いでいる。立ち上る紫煙は、真っ直ぐに空に上がっていく。その動きを追うようにして、周防はベンチの背もたれに身体を預け、頭上を見上げた。

見上げる先には、雲ひとつない空。漂白された下界とは逆に、すべてを呑み込むように、黒々と深い。聞こえてくるのは噴水の水音。それに、うわんうわんと唸るように押し寄せる蟬《せみ》の鳴き声だ。音の唸りは無人の空間を埋め尽くし、外界の雑音をシャットアウトしていた。

不意に周防は、あの荒野にいる自らを想像した。

弱者を拒む、茫漠とした荒野。そこには何もないが、だからこそ何をすることだってできる。己の力が許す限りの自由。心の命ずるまま、力を解放する歓喜。目が眩みそうな解放感。

だが、違うのだ。それは幻想だ。……いや、幻想ではない――現実にすることは可能かもしれないが、そこには大きな犠牲と絶望が伴う。身を委ねてはならない。その欲求は、甘いが、破滅と表裏一体だ。

くそ。

周防は唇を歪ませた。

思えば、王になる以前の周防は、能力などなくとも、力を持っていた。握り締めた拳や強靭な手足に宿る力。目つきや、顔つき、そして何より、魂に宿る力だ。

だが同時に、力を持つ周防は、同じく力を持ち、どちらが「上」かを競わずにいられない者たちを、強く刺激したらしかった。喧嘩を売られることにかけては、およそ人後に落ちない。その悉くを、周防はずっと振り払ってきたのである。

腹立たしかったし、忌々しく思っていた。しかし、それだけではなかったことは、認めざるを得ないだろう。

外圧を打ち破る度に、自らの意思を貫き通す度に、周防は解放感や達成感のようなものを味わっていた。困難を乗り越えることで己が成長し、より強くなる実感を得ていた。それは——言ってしまえば——周防の誇りでもあった。

かつて周防にとり、力とは、己の自由を阻む壁を打ち破るものだったのだ。誇らしい、己の武器だった。

だが、いまはどうだろう。周防にとっての力は、己を束縛するものに成り果てていた。

自らが「力」を振るえば、仲間をも傷つけかねない。解放を望む「力」は、絶え間なく周防を責める。それに耐えて「力」を抑え付けた結果、その「力」に惑わされた者たちが道を踏み外していく。

なら、自分はいったい、どうすればいいというのか？

周防は眉間に皺を寄せて、煙草をくゆらせる。半眼で、空をにらむ。

どうとでもなれ。そう、思い切れないのが、歯がゆいところだ。自暴自棄の一歩手前で、仲間の存在が脳裏を過る。彼らは、周防を留める重石《おもし》である一方、周防を縛る鎖でもあった。

周防は歯を噛み締め、目を閉じた。煙草を吸い、大きく煙を吐き出した。

止めどない思考がどろどろと渦を巻く。上手く呼吸ができない気がして、息苦しさに胸が詰まる。

しかし——

そのときだった。

「暑いですね」

芯のある怜悧《れいり》な声だった。

その声を耳にした瞬間、狂おしかった物思いが跡形もなく吹き飛んだ。

一瞬の感触を、なんと言えばいいのだろうか。それまで周防を捉え、苛んでいたすべてを、取るに足らないものに変えるような何か。己の内へ内へとずぶずぶ沈んでいた周防を、一気に、力尽くで、鮮烈な「現実」へと引き戻すような感覚。

周防は険のある——ありすぎる眼差しを、声の主に向けた。

ベンチの傍らに立っていたのは、この炎天下に涼しげな顔をした、一人の青年だった。

周防ににらまれても、表情ひとつ変えない。背筋の伸びたバランスの良い立ち姿は、まるでどこかの貴族のようだ。

「…………」

周防は無言で青年をにらむ。自分が内心身構えていることを認め、久しぶりに新鮮な思いを味わった。

対して、青年はにこやかに、

「ここは、禁煙ですよ？」

そこからか。周防はつい鼻を鳴らした。視線を青年から外し、再び背もたれに寄りかかった。

黙殺しても良かったが……。

「誰も、いねえよ」

「それは関係ありません。ルールです」

周防の唇が小さく笑う。

「誰のためのルールだ？」

「…………」

青年はとっさに言葉を詰まらせた。やや意表を衝かれたと言いたげな表情は、回答に窮したというわけではなく、周防の返答が予想した方向と異なっていたためらしい。

再び笑みを――さっきまでとは若干色合いの異なる微笑を浮かべ直し、

「ルールが定められたのは、当然、それを必要とした多数の人々の意思があるからです。そして、一度定められたルールは、強制力を有するからこそ意味があります」

と、流れるように言った。

生徒を指導する教師のようであり、また衆人に真理を諭す高僧のようでもある。だが一番近いのは、荒くれた野武士にテーブル・マナーを教える、インテリ貴族といったところだろうか。

「ルールとは、守られなければならないのです。でなくては、ルールがルールである意義が薄れてしまいます」

「だから」

くどくどと語る青年に対し、周防はこれ見よがしに煙草をくゆらせる。

「その、ルールの意義ってのは、なんのためにあるんだ」

「なんのため？　ですから、多数の人々のためだと」

「誰も、いねえだろ？」

「……もう一度言わねばなりませんか？　いまここに誰もいないとしても、ルールは守られねばならない」

透き通る紅茶に一滴だけ垂らしたクリームのように、穏やかな青年の声音に冷淡さが交じった。くわえた煙草の先が、ひょいと動く。

「世の中に万能の人間なんざいねえ」

「……なんのことです？」

「人間の作ったルールに、万全なんてねえ。ま、好きにするさ」

それで話は終わりだ。そう言外に告げる口振りで、周防は吐き捨て、背もたれから身体を起こした。

前屈みになって、煙草を吸う。

しかし、

「万能ならざればこそ――」

青年は凛《りん》とした声音で言った。周防の肩がぴくりと動いた。

「多くの知識と経験、意見を持ち寄って、ルールを定めるのですよ、人間は。そして、それが社会というものです」

肩に、青年の真っ直ぐな視線を感じる。周防はちらりと肩越しに横目を向ける。

「……他人に委ねて生きるやつは、それでもいいのかもな」

「あなたも社会の一員でしょう」

「らしいな。登録した覚えはないが」

「思春期の子供でもあるまいし、自分一人で生きているなどと思い上がるのは、さすがに自惚れが過ぎるのでは？」

「自分、ってやつが一人一人集まった結果、社会とやらができてんだ。そっちに盲従してテメエを蔑《ないがし》ろにしたんじゃ、本末転倒ってことになるぜ」

「呆れた個人主義ですね」

「理屈で息してると、わからねえんだろうよ」

そこで会話が途切れ、二人の視線が無言のまま行き交った。どちらがより相手に対して「気にくわない」と思ったかは、かなり微妙なところだろう。

沈黙をすかさず埋めるように、蟬の鳴き声が響く。陽射しはほんのわずかも衰える様子を見せず、全力で下界を熱し続けている。

周防が煙草を吸い、煙草の先がジジッと赤くなった。

「確か、宗像、だったな」

「おや」

と青年は、意外そうに眼鏡を押し上げた。

「ご存じでしたか。わざわざ制服から着替えてきたのですが、甲斐《かい》がありませんでしたね。赤の王が私の顔を確認していたとは思いませんでした」

「見てるわけねえだろ。つうか、見てなくたって、一目瞭然じゃねえか」

「そうですか？」

「これが王でなきゃ、相当の変人だ」

「なるほど。さすがに毎日鏡を見ている人の見識は違いますね」

艶《あで》やかに微笑んでみせる。なかなか堂に入った嫌みっぷりだ。いっそ小気味良かった。無理に好意的視点を持つ必要がないというのは、それはそれで楽なものである。

「で？」

と周防は獅子《しし》が牙を剝くように笑う。

「用はなんだ。新人が先輩に、ご挨拶か？」

「青のクランの王として、赤のクランの王に、協力を要請に来ました」

「これは魂消《たまげ》たぜ。いまの流れで、協力を要請だ？」

本心から驚き、楽しげに周防は言う。草薙や十束がいれば、目を丸くしたかもしれない。明らかに機嫌が悪いにもかかわらず、これほど活き活きとした周防は久しぶりなのだ。もっともそれは、次の瞬間には壮絶な大笑と共に周囲が灰燼《かいじん》に帰するかもしれない、そんな狂気を孕《はら》んだ愉快さである。

そして、対する宗像は、微塵《みじん》たりとも微笑を崩さない。

さも平然と、

「それがもっとも合理的ですから」

と告げた。

「鎮目町の現状に関しては、こちらも把握しています。あなた方は何も好き好んで、いまの状況を作っているわけではないでしょう？　あるいは、あなた方の『ビジネス』には都合が良い面もあるのかもしれませんが、あなた方が用心棒《バウンサー》で得られる収入を重視しているとも思えません。率直に言って、手を焼いている。もしくは、手に余っているというのが、本音ではありませんか？」

「…………」

「鎮目町の現状を生んだ根本的な原因は、能力者の暴走を制圧する機能が、期せずして《吠舞羅》——赤のクランに集中してしまっていることです。我々はこれを、代行できる。何しろ、それが我ら青のクラン——《セプター4》の業務ですからね」

「……フ」

「何か?」

「回りくどい男だ」

「これは失礼。あなたにもわかりやすいよう、丁寧に解説させて頂きました」

つくづく、協力を求める態度としてはあり得ない。気がつけば、クックッ、と腹の底から笑いの衝動が湧きつつあった。ある意味、感動的なまでに気にくわない男だ。

「いかがですか? 大したお手間は取らせませんし、むろん、赤のクランにも手出しはしません。差し当たっては、鎮目町界隈を警邏《けいら》する程度です。諸々鑑みても、都合の良い申し出だと考えていますが」

「お前にとって、か?」

周防は身体を捻ると、ようやく正面から宗像を眺め、意識して顔を歪めながら聞き返した。こちらを見るレンズの奥の瞳が、よりはっきりと硬化し、且《か》つ嗜虐《しぎやく》的《てき》になった。わかりやすく言えば、虫けらを見る目つきというやつだ。

宗像は再び指先を伸ばして眼鏡の位置を整えながら、

「ご返答は?」

「指図は、受けねえ」

素っ気なく即答した。「……さて」と宗像は表情は変えないまま、視線を周防から噴水へと移動させた。

周防も釣られるように噴水に顔を向ける。

「困りましたね。個人としてはどうあれ、王と王、少しは意義のある交渉を期待したのは、私の間違いだったのでしょうか」

「自分の物差しでしか考えねえ奴は、どれだけ頭の回転が速かろうが、バカってことなんだろうさ」

「参考までにお聞きしたいのですが、私の申し出を断る理由はなんですか？」

「バカなだけじゃなくて耳も悪いのか？　言ったぜ。指図は受けない。する気も、ない」

と周防は煙草をくゆらせて続ける。

「好きにしろ」

宗像はしばし無言で、じっと噴水を眺めていた。周防もそれ以上は何も言わずに、漠然と視線を投げ続ける。

ベンチに座る周防と、その傍らに立つ宗像。公園には相変わらず他に人の姿はない。灼熱の白光が照りつける中、噴き上がる噴水の水が水銀のように煌《きら》めいている。

やがて、

「あなたに王としての責務を説いたところで、無駄なんでしょうね」

「政治でもやれってか？　それとも全国統一か？」

宗像はドライアイスのような冷笑を閃かせ、

「よろしい」

と、きっぱり言った。声のトーンには、ある種の清涼感さえ含まれている。

「ならば、好きにさせて頂きましょう。手出しは無用に願います」

「…………」

周防はもはや返事はしなかった。指図は受けない、と三度《みたび》繰り返す必要は感じなかったからだ。
ザ、と細やかな足音を立てて、宗像が向きを変える。そのまま、真っ直ぐにベンチから離れようとする。
しかし、二歩ほど踏み出したところで、足が止まった。

振り返ることなく、

「……これは純粋な興味から尋ねるのですが……」

「…………」

「迦具都玄示を、どう思っていますか？」

「…………」

凪いでいた風が、わずかに吹いた。蟬の声が波に攫《さら》われるように薄れ、煙草の紫煙が暑気に溶けた。

周防は煙草を吸い、煙を吐き出す。

「生憎《あいにく》、会ったことがねえ」

噴水を眺めながら、ぼそりと言った。

今度は宗像が返事をしなかった。周防の返答を背中で受けたあと、振り向く素振りも見せないまま、歩みを再開させていた。そして、それ以上は一度も止まらずに、公園を出ていった。

太陽はジリジリと肌を炙り続けている。

周防の煙草の先から、長くなった灰が音もなく落ちた。

†

王になるべきでない人物が王になっている。

そんな危惧《きぐ》と疑念が、周防尊に対する、宗像の心証、ファースト・インプレッションだった。

——あの程度の人物が、なぜ？　石盤の求める多様性の一環でしょうか？　だとしても……。

國常路が彼を——一二〇《ヒトフタマル》協定があるとはいえ——事実上放任していることも解せない。遊ばせたところで取るに足らないと判断しているのだろうか。いや、あの黄金の王がその類いの手間を惜しむとは思えない。では、取り除くリスクが高いと判断しているのだろうか。赤の王は、破壊の王。刺激せずに、最低限のリスク——「コスト」と言ってもいいだろう——で保持しているということなのか。

——何しろ、迦具都事件という前例があります。

あの破滅を経験しているからこそ、第二の惨事を回避するためなら、受け容れ可能なデメリットはすべて受け容れる。そういう判断なら、まだしも理解できなくはない。

しかし……。

——そもそも、迦具都玄示という男も、ああした「いい加減さ」を持っていた、周防尊と同種の人種だったのでは？

だとすれば、やはり放置すべきではない。一度國常路の真意を問い質《ただ》す必要があるかもしれなかった。

いずれにせよ。

「……相容れませんね。残念ながら」

しかし、本当に、わからない。なぜあの男が「王」なのか。ドレスデン石盤は、どうして彼を選んだのか。

それとも、自分の認識が――言語化するのは難しい、一種の肌感覚のようなものは――誤っていたのだろうか？　王という存在に対する認識も。また、ドレスデン石盤に対するそれも。

そういえば、周防は奇《く》しくも國常路と同じ台詞を宗像に投げた。「好きにしろ」。國常路の台詞を、宗像は寛容と取った。周防のそれが、無関心、もしくは軽視であることは明白だ。

だが、それとは別に、「王」という存在に対する共通の認識が、すでに経験を積んだ王権者間には存在しているのだろうか。

疑問は尽きない。興味と関心も。

ただ、生憎と「面白い」という思いは湧いてこなかった。

「………」

気がつくと足が止まっていた。歩道の真ん中で立ち止まり、宗像はじっと、黙考する。

どこからか蝉の鳴き声が聞こえてくる。真夏の陽射しが頭上から降り注ぐ。

と――

着信があった。宗像はほとんど意識しないままタンマツを取り出し、応答する。

「……はい」

『室長。例のグループの所在を突き止めました』

淡島からだ。「――それで？」と問う宗像に、

『別件で、明らかな犯罪行為の物証も確保済みです。場所は鎮目町。介入なさるなら、これは機かと』

淡島は感情を殺した淡々とした口振りで告げた。

そして、

『……撃剣機動課の出動準備は整っています』

と付け加えた。

瞬時、宗像は思考の圧力を上げ、膨大なパターンのシミュレーションを展開。考え得るあらゆるケースを、目まぐるしい勢いで検討する。

そして、

「……屯所に戻ります。そのまま、待機を」

通話を切り、顔を上げる。

宗像は、傲然《ごうぜん》たる足取りで歩みを再開した。

6

どれぐらいベンチに座っていただろうか。

日が傾いた。その実感を得たころに、ようやく周防は腰を上げた。

公園を出る。ただ、そのまま『HOMRA』に戻る気にもならず、再び漫然と街を彷徨《さまよ》った。

まだ身近に、青の王の気配――その残滓《ざんし》が漂っているような気がする。散々草薙たちの話を聞いてはいたが、実際に会ってみると、リアリティーはやはり別格だった。

周防は王になったあと、黄金の王と対面したことがある。あのときはほとんど人外の、何か異なる生き物と向き合っているような感覚があった。それ故に自分と比較してどうこうなどという感想は持たなかった。

しかし――歳が近いせいかもしれないが――宗像はより自分に近い、周防にとってのリアルの延長線上にいる存在だった。だからこそ、互いの「合わなさ」具合が、余計に意識されるのだろう。

我知らず顔をしかめる。酷く険悪な表情に偶然すれ違った通行人が慌てて距離を取るが、周防は気がつかない。馴染みの苛立ちとは似て異なる「むかつく」感じで胸が詰まりそうだ。しかも、むかつけばむかつくほどに頭の中で宗像について考えてしまい、いよいよ胸がむかついていく。

石盤の基準など知ったことではないが、よりにもよって、鬱陶しい野郎を選んでくれたものだ。

周防は大抵の者なら知ったことではないし、まあ好きにすればいい、で済むのだが、あの男だけは口にする言葉が悉く――どころか、声や姿や振る舞い、存在そのものがやたらと癇《かん》に障った。

あれが、新たな王。七人の王の一人。

しかも、青の王だ。

舌打ちして足を止め、身体を伸ばして、頭を振った。獰猛《どうもう》な肉食獣が、殺戮《さつりく》の衝動を、体を動かしてやり過ごしているような仕草だった。

空を仰ぐ。

頭上では、ようやく手加減し始めた太陽が、西の彼方をほのかに赤く染めつつあった。暑気に淀《よど》んでいた鎮目町の街並みも、少しずつ精気を取り戻そうとしている。

「……《セプター4》の頭か……」

やはり、他の王に対するように、我関せずでは済まないのだろう。宗像とは近いうちに、もう一度接触するはずだ。問題はそれがどんな形での接触になるか。そして、自分はそのとき、何をどう選択することになるのか。

周防は煙草を取り出して、一本、口にくわえた。

ライターに手を伸ばした、が、

「す、周防、尊――！　赤の王！」

目の前に飛び出して来たのは、二人の男——というよりは、少年と呼ぶ方がいいような、若い二人組だった。

片方は、痩せ細った癖毛の短髪。もう片方は、やたら大きなリュックを背負った、気弱そうな眼鏡の少年。どちらも未成年には違いない。ただ、平日のこんな時間に私服姿だ。前にいた癖毛の短髪が、焦燥しきった面持ちで周防を見据えてくる。後ろの眼鏡は仲間を止めようとしていたようだが、できずにここまで付いてきたらしい。

「あ、あなたに話があるっ。どうか聞いてくれ！」

「ちょっとっ。そんな口の利き方——」

「うるせえ！　黙ってろ！」

飛び出してきた癖毛の短髪が、後ろの仲間を怒鳴りつける。どちらも目が血走っていた。往来の真ん中だ。周りの人々が周防の側から、慌てて離れていった。

周防は煙草に火を付け損ねたまま、手の中でライターを弄ぶ。

絵に描いたような面倒事に、苛立つより先に呆れていた。二人から敵意は——というより、周防に対する害意や、挑もうとする闘志のようなものは感じられない。あるのは、追い詰められ、行き詰まった、自暴自棄な雰囲気だけ。そして、どうもこれは「直訴」のつもりらしい。

辟易としながら、

「何の用だ」

低く響くざらりとした声音に、それまで勢い込んでいた少年たちは、一転して身を硬くした。

それも尋常ならざる緊張感だ。見ず知らずの外国人に銃口を突きつけられたとしても、こうまで硬くはならないのではないだろうか。

だが、彼らにすれば当然なのだろう。いま彼らの目の前にいるのは、彼らがもっとも恐れる「王」である。それどころか、「これ」が現在の《吠舞羅》に対する一般的な反応なのかもしれない。圧倒的な力を、理不尽に、気ままに振るう、暴力集団。なるほど、大きく外れてはいない。どす黒い自嘲が込み上げてきた。

少年は自らの震えを必死に隠しながら口を開ける。

「や、約束を守って欲しいんだ」

「……なんの？」

「決まってるじゃないか！　俺たちを《吠舞羅》に入れるって約束だ！　お、俺たちは二人ともストレインだっ。そりゃ、大した力じゃないけど、資格はあるはずだろ？」

「…………」

周防は訝《いぶか》しげに両目を細めた。少年は、いよいよ切羽詰まった様子で食い下がろうとする。

「あ、あんたの指示だったんだろ？　だから俺たち、マフィアに取り入って——ヤバい橋、散々渡って、情報流したんだ！」

感情が高ぶるまま瞳を潤ませて、少年は訴えた。

一方的でろくな説明もない、決めつけの台詞。だが、その拙《つたな》い訴えは、要するにどういうことなのかを、おおよそ理解するには十分だった。

唐突に、言いようのない徒労感に襲われた。

何もかもが嫌になった。下らないし、救えない。もちろん、これまでの自分の人生にしろ下らないし救えない、どうしようもないものではあったが、それでも周防は気に入っていたのだ。

しかし、いまはもう、うんざりだ。

「……矢俣か？」

「そうだ！」

「間抜け」

「……は？」

少年がぽかんとして言葉を途切れさせる。そうした「素」の表情は、最初の印象より、さらに子供だ。

「俺は、そんな指示も約束も、口にした覚えはねえ」

「なっ⁉　よ、よくも、そんな！　最初っから、騙して、利用したのかよっ！」

「……だろうな」

「何が『だろうな』だ！　じ、自分のことだろ⁉」

悔しさのあまり真っ赤になりながら、少年は唾《つば》を飛ばした。後ろにいるリュックの少年など、完全に血の気が失せている。

つまり、想像できないのだろう。彼らの中で《吠舞羅》は、鎮目町を支配する、恐ろしい組織なのだ。その支配は当然内側にも向かっているはずであり、上下関係は絶対。頂点に立つ王は、まさに「すべてを」支配しているのだ。《吠舞羅》に対するあらゆるイメージの元凶が、周防なのだろう。

知らないでは済まされない、周防の責任。王としての責務。

クソ食らえ。

「まず」

強い語気で言った。二人がビクッと身体を震わせた。

「《吠舞羅》に来るのに、誰かの許可なんざ、いらねえ」

「……え？」

「その気があるやつがインスタレーション《テスト》を受けて、通れば、クランズマンだ。素質があるかないか。あれば誰でも構わねえし、なければどんな約束をしようが、関係ない。それだけのことだ」

癖毛の少年が目を大きく見開く。「なんだよ、それ……」と呆然ともらした。

「なんなら、いまやるか？」

そう言って、周防はライターをポケットに押し込んだ。

手のひらを上に。

そして、「力」を解放した。

赤々とした紅蓮《ぐれん》の炎が、音を立てて燃え上がる。少年たちは、ひっ、と悲鳴を上げ、一歩後退った。遠巻きにしていた通行人たちも、ぎょっとした視線を向けてくる。だが、周防は周りの反応など気にすることなく、悠々と自らの炎でくわえていた煙草の先に火を付けた。

「この手を取れ。上手く行けば、お前らも《吠舞羅》だ。駄目なら……まあ、痛い目を見る。かなりな」

煙草をふかしつつそう告げると、少年に向かって、炎を纏《まと》う手を伸ばした。

炎は周防の手のひらから噴き上がって、ときおり手首の辺りにまで絡みつく。大輪のバラの花束のように、華やかで美しい炎だ。しかし、離れていても伝わる熱は、その棘《とげ》が鋭いことを誇らしげに示していた。

少年たちは息を吞み、全身に汗を浮かべて動けなくなった。周防は二人の反応を冷たく笑う。いや、冷笑しているのは二人の反応ではなく、こんな風に偽悪ぶる自分の態度なのだろう。手を振り、炎を掻き消した。

苛立ちが膨れあがる。

その内圧に押し出されるように、「だから」と吐き捨てた。

「要するにお前らは、矢俣に嵌《は》められたんだ」

「………」

少年たちは立ち尽くしたまま、絶望に塗《まみ》れた眼差しを向けた。「そんな……」とリュックの少年。直訴した癖毛の少年は、「……きたねえ」と歯嚙みする。間抜け。周防はもう一度、胸中で繰り返した。

馬鹿なガキが、悪いガキに騙される。どこにでもあること。見飽きた光景だ。第一、この二人にしても、「ヤバい橋」とやらで色々としでかしているはずである。被害者面できる立場ではない。

いや、そもそも「被害者」とはなんだ。自分のケツを自分で持てないやつが、何を声高に叫んでいるのか。《吠舞羅》に入れば甘い汁を吸えると唆されたのは自分ではないか。自分で判断し、行動しただけのことだ。それが上手くいかなかったからといって、泣きわめくなど片腹痛い。

なのに、

「……ちくしょう。きたねえ。きたねえよ……っ」

涙ぐんでうつむく無力な少年の声は、街のノイズに埋もれそうなほどか細い。

にもかかわらず、周防を強く揺さぶった。胸の奥に膨れあがる苛立ちを、吐き気がしそうなほど攪拌《かくはん》した。

舌打ち。

もうたくさんだ。矢俣にも。こいつらにも。王にも。自分自身にも。

そして、不意に悟る。

《吠舞羅》はもう、とっくに破綻しているのではないだろうか。

人が増え、肥大化し、一定以上の影響力を持った時点で、《吠舞羅》はそれまでのような、ただのストリートギャングではなくなっていたのではないか？　かつて《吠舞羅》だったものは、王権者や能力者たちをも内包する「社会の一システム」として、新たに機能し始めているのではないか？　周防も知らないところで、周防自身もそこに組み込まれて。様々な人間の思惑や力量が自然にバランスを取った結果として、すべては成るように成っただけのことでは？　自分はただ、目の前にある当たり前の事実に気がついていないだけではないか？

一番の間抜けは、他ならぬ自分なのかもしれない。
ハ、と気の抜けた失笑がもれた。
少年たちはまだ途方にくれたまま、その場に突っ立っている。さらに傾いた陽射しが、なぶるように二人を照らし付ける。

だが、仕方がない。この二人には、経験がなく、知恵がなく、力がなく、そして運がなかった。だから取って喰われた。世の中は——社会は、そのようにして動いている。周防と形が異なるだけで、この二人も社会のシステムに取り込まれているのだ。全体の一部として、ちまちま機能しているだけだ。

成るように、成っている。

周防は、煙草を吸い、顔をしかめて、踵を返した。少年たちがハッと顔を上げ、背中を見つめるのがわかった。無視する。まとわりつく何かを拒否し遠ざけて、それ以上は何も考えずに、その場を去ろうとした。

が、

——『あなたも社会の一員でしょう』

すべてを弁えるが如き冷ややかな眼差しが、稲妻となって脳裏を焼いた。周防の双眸《そうぼう》の奥に、怒りを具現する炎が躍った。

そうだ。

あのとき自分は言ったはずだ。ほとんど生理的な反発だったとしても、はっきりと反論したはずだ。

自分一人で生きているなどと、自惚れるつもりは毛頭ない。確かに、自分のようなチンピラですら、社会の一員として辛うじて生かされているのだろう。

しかし、その「社会」とは、本来「個人」が生きるために存在しているはずだ。他者を労らねば社会が成り立たないとしても、社会を成り立たせるために自己を貶める必要はないはずだ。妥協できる範囲はそれぞれだとしても、本当に譲れない場所を譲る必要はないではないか。

システムなどクソ食らえ。

破綻？　上等だ。なんの不都合があるだろうか。

そもそも《吠舞羅》という存在自体、一種の虚像だ。実体などない。周防と草薙と十束が集まったことが、人を呼び、チームになり、組織になっただけのこと。《吠舞羅》を知る者、関わる者の中に、それぞれの《吠舞羅》が——そのイメージが——あるだけだ。それぞれが好き勝手に、自分の中の漠然とした何かを、そう呼んでいるだけなのだ。

何をどうこうしたところで、所詮は受け取る側の問題。

知ったことではない。

「……おい」

我ながら物騒な声が出た。少年たちが再び竦み上がり、息を吞んで周防を見つめる。

周防は飢えた獣の笑みを浮かべて、

「矢俣の居場所、心当たりがあるなら案内しろ」

†

久しぶりの純粋な高揚だった。

炎をまとう八田の靴底が、店のドアを蹴り開ける。派手な音が響き——同時に、躊躇《ちゅうちょ》なく店内に飛び込んでいく。伏見は瞬時に、中の構造を把握。その背後から、阿吽《あうん》の呼吸で八田が続く。

雑居ビルの二階。ちんけな、いわゆるガールズ・バーだ。だが、広さだけはそこそこあった。

チャラい女どもが悲鳴を上げ、チャラい男たちが一斉に席を立つ。その一人に、ナイフを投擲《とうてき》。肩を射貫かれた男が、犬のような甲高い悲鳴を上げる。

すぐさま反撃の構えを取るのが二人。その片方に、次のナイフ。当たるのをわざわざ確認することもなく、八田が残るもう一人に、一気に詰め寄る。男の血の気が失せたところへ、鮮やかなアッパーカット。

店内の制圧に、五秒とかからない。なんとつまらない雑魚《ざこ》どもか。

「矢俣はどいつだ！」

八田の怒号が轟いた。それぞれがそれぞれの反応を示す中、伏見は鋭く、冷静に観察。

本人が名乗るより先に、

「そいつだ」

ナイフを投げた。

カッ、と頬《ほお》を掠めて、背後の壁に切っ先が突き立つ。矢俣は目を見開き、凍り付いたように固まった。

二枚目半な、茶髪のロン毛。痩せた身体に、気取ったB系ファッション。腕にはこれ見よがしのタトゥーを入れ、指にはごついゴールドリング、首にもゴールドのチェーンネックレス。思わず吹き出しそうになる。こいつが、そうか。こんなのをチームに入れる、周防の気が知れない。

「……テメエか」

八田がぎらつく眼光で矢俣に迫った。伏見はククと笑いながら、八田の背後で、他を睥睨《へいげい》。手の中でナイフをくるくると回す。相棒の背中を守ると同時に、誰も余計な真似をしないよう威嚇《いかく》し、相棒の自由を確保しているのだ。もっとも、逆らう気概があるやつが、一人でもいるとは思えなかった。

「――八咫烏《ヤタガラス》」

矢俣が呻いた。《吠舞羅》の切り込み隊長、八田美咲の通り名だ。矢俣はガクガクと震え出す。

青ざめて唾を飛ばす。

「な、なっ、なんだよ!? なんなんだよ!」

喚いた矢俣がさらに何か口にする前に、八田の拳が顔面を歪ませた。椅子から吹き飛び、壁に当たる。硬質な音を立てて椅子が倒れ、矢俣が床にずり落ちる。

店内の空気は、流氷でも漂っているように冷え切っていた。これが仮にも《吹舞羅》のたまり場というのだから情けない話だ。

八田は傲然《ごうぜん》と、矢俣を見下ろしていた。

矢俣はろくに視線を合わせられないまま、

「……信じらんねー……」

と、うそぶいた。

「マジ、意味わかんねえ。……んだよ。なんなんだよ……」

お約束のように、語彙《ごい》の欠落した輩だ。矢俣の瞳に浮かぶ弱々しい憤りを、伏見は鼻で笑う。

「なんだじゃねえよ」

八田が言った。

「好き勝手やってくれたそうじゃねえか。――あ？」

「だったら、なんだよっ!?」

と矢俣は金切り声を上げた。完全に逆ギレだ。

「好き勝手やって、何がワリいんだよ！　こっちは、赤の王のインスタレーション《テスト》通ってんだぜっ？　リスク背負って、『力』を得たんだ。だったら、使って当たり前だろうがよ！　好き勝手やって何が悪いんだ!?　なんでテメエなんかに、責められんなきゃいけねえん――」

ゴッ、と言い終わるより先に、八田の爪先が矢俣のあごを横から蹴りつけた。矢俣が口から血しぶきを飛ばし、床に身を投げだした。

「カス野郎……」

八田は、吐き捨てる。

《吠舞羅》の面汚《つらよご》しが。生意気に、咆《ほ》えてんじゃねえ」

伏見が小さく口笛を吹いた。八田は肩越しに、「茶化すな」と愚痴った。店にいる全員が、蒼白になっていた。小気味よい。実に楽しい。

「赤の王を騙るたあな……。身のほど知らずにもほどがある。絶対に、許せねえよ……」

殺意すら浮かぶ眼差しで、八田は矢俣を見下ろした。

と、

「……ちくしょう」

矢俣が呻いた。床に横たわったまま、ちくしょう、と歯噛みした。

「身体張って、つかんだんだよ。それ使って、何が悪いんだよ。やりたいことやって、何がいけねえんだよ。どうせお前ら、俺たちなんか、どうだっていいんだろうが……。自分らだけで、楽しんでんじゃんか。だったら、俺たちが好き勝手やって、何がワリぃんだ。世の中、むしって、むしられるもんだろ……!?」

誰にともなく、矢俣は喚いた。ああ、と伏見は理解した。その上で、バカがと笑った。

矢俣の言っていることは、わかる。わかるし、別に否定はしない。自分ができることを、できる範囲で、好きにする。当たり前のことであり、誰かに責められるようなことではない。ただ、矢俣の頭の中には、自分しかいない。そこが駄目だ。

自分ができることを、できる範囲で、好きにする。誰しもが、そうなのだ。八田も好きにするし、伏見だって好きにする。そこで我を通す強さがあるか。ないなら、それでも構わないと開き直れるか。あるいは、どこかで妥協するか。世の中というのは、その見極めこそが肝心なのだ。この男は、それがわかっていない。ままならないとジタバタ地団駄を踏み、当たり散らすことしかできない。

ただのガキだ。

「……はあ？　何言ってんだ、カスが。テメエの都合なんざ、聞いてねえんだよ、こっちはよ……!?」

八田がいよいよ憤り、青筋を立てて、矢俣をにらむ。おそらく意識しないまま、握った拳が炎を纏った。

さて――と伏見は両目を細めた。

八田は相当頭に血が上っている。こうなると止め時が難しいが……まあ、押さえられないなら、それでいい。誰にもどうしようもないことは存在する。

正直、伏見には、八田の憤りに対する共感はない。《吠舞羅》には下らないところが山ほどあるし、そんな《吠舞羅》を神聖視する八田にも――もうずいぶん前から――鬱憤が溜まりっぱなしだった。

だが、いまの荒ぶる相棒は悪くない。己の欲望を誤魔化さず、自らの意思で、自ら拳を振るう。それは正しい、と伏見は考える。

もう一度店内の状況を確認。いまは久しぶりに気分が良い。八田が行くなら、最後までつき合う覚悟だ。

しかし――

「八田。伏見。そこまでにしよう」

八田が蹴破った店のドアから、しっかりと響く、落ち着いた声が届いた。

八田と伏見が、同時に振り返る。二人にじっと向けられていたのは、いつになく厳しい眼差しだった。

「十束さん……！」

八田が唸った。十束は悲しげな微笑を浮かべながら、ゆっくりと店の中に入ってきた。

「……良かった」

と店内を見回し、

「一応、間に合ったみたいだね。事情はわかってる。八田の気持ちもよくわかるけど、ここはそこまでにしておこう。――矢俣。君もね」

一瞬にして場を仕切る、その貫禄と力量はさすがだった。伏見は、ちぇ、とごく小さく舌を鳴らす。楽しかったパーティーもここまでらしい。

十束はもう一度店内を見回して、

「この中で、《吠舞羅》に関係ある人は何人いるかな？　その人たちには、ちょっと俺に付き合ってもらうよ。別に、無茶なことはしないからさ。話し合いたいんだ。お互いのために」

静かな、しかし、確かな強制力――聞く者の心に浸透する力を有した口振りだった。

伏見では真似することのできない、包容力であり指導力だ。その点は素直に脱帽する。羨ましいとは思わぬまでも、それがひとつの「力」であることは認めざるを得なかった。日頃はヘラヘラとだらしない《吠舞羅》ナンバー3の、これが、真価だ。

気がつけば八田は借りてきた猫のようにうなだれ、店内の人間ほとんどが、十束の指示に従う素振りを見せていた。ちらり、と十束が伏見を見やる。伏見は一瞬反発めいた感情を覚えたが、すぐに弁えて、肩を竦めた。

祭りは終わり。八田の気も晴れただろう。まあ、そこそこは楽しめた。この辺が潮時だ。あとは、つまらない事後処理を淡々とこなすだけ……。

だが――

伏見の見通しは、直後に崩れた。

「動くな！　《セプター4》だ！」

店内に雪崩《なだ》れ込んできたのは、見知った青い制服の部隊。十束が不味いという表情で振り返り、八田がすぐさま顔を赤くしてにらみつける。

「あぁっ⁉　引っ込んでろ！」

八田の怒号が店内を貫いた。と、矢俣が飛び跳ね、店の奥へ駆け出す。ピンと来た。裏口があるのだ。逃げる気だ。

「八田っ、伏見！　ゴメンっ。頼む！」

十束が言い置き、矢俣を追った。まあいい。すでに矢俣に対する興味は失せた。どちらが面白いかといえば、まだしも《セプター4》だ。

十束の頼みを受けた八田が、いよいよ奮起して《セプター4》に躍りかかる。場数の足りない《セプター4》の新人が、緊張の面持ちで迎え撃つ。

なんだ。まだまだ楽しいじゃないか。

伏見は、愉快そうに笑いながら、八田のバックアップについた。

†

《セプター4》の動きは、十束の予想を上回っていた。しまったと思いつつ、しかし、ここは矢俣を追うしかなかった。

店の奥の非常口。抜けた先はビルの外壁にへばりつく非常階段だ。ガンガンガンと音を鳴らして、矢俣が階段を駆け下りる。同じく、ガンガンガンと階段を踏み鳴らして、矢俣の背中を追いかける。

路地に降り、追いながら、タンマツを取り出して番号をコールした。

草薙に。

『どないした？』

ワンコールで応答があった。草薙もスタンバイしていた証拠だ。

「ごめん！　八田と伏見が、矢俣のところに殴り込んでた！」

『……は？』

「そこに、《セプター4》が来た！　二人が応戦中。俺は逃げた矢俣を追ってる！」

『はあぁっ!?』

魂消たような草薙の声。つい笑いそうになるが、正直笑い事ではない。

矢俣はまさに全力で逃げていた。十束も必死に走らねば追いつけない。

「草薙さん、例の店に行って！　八田も伏見も、相当ヒートアップしてた。誰か止めないと、収拾つかないよ！」

タンマツ越しに訴えると、ったくもうっ、と愚痴がこぼれたのち、

『わかった』

と草薙がきっぱり応じた。

『すぐ向かうわ。お前は、矢俣を追いかけとるんやな？　そっちは――』

「大丈夫！」

『んっ。ほな、なんかあったら、連絡しいや』

通話が切れた。即断即決のフットワークは、さすが《吠舞羅》の参謀だ。必要とあらば、労を惜しまない。これで目の前の矢俣に集中できる。請け合った以上、なんとしても押さえてみせる。

ボッ、と十束の手のひらから、テニスボール大の火の玉が生じた。

火の玉は、卵が割れるように内側から形を崩し、繊細な炎の蝶《ちょう》と化して十束の手のひらを飛び立った。

威力は弱い、が、細やかに制御された十束の「力」。

矢俣が路地を抜ける。炎の蝶を、前方に飛ばす。蝶ははらはらと羽根を羽ばたかせ、風に乗って火の粉を飛ばした。スルリスルリと宙を舞い、前を行く矢俣に迫る。わずかに遅れて、十束が路地から表通りに出る。

華やかなショッピング・ストリート。

整備された遊歩道には青々とした街路樹が添えられ、色鮮やかに展示されたディスプレイが、徐々に暮れゆく西日に照らされている。帰路につく、あるいは食事のため場所を移す買い物客たちが、賑やかに行き交っていた。矢俣はそんな通行人を押しのけ、小さな悲鳴を連鎖させながら振り返らず逃走する。

その鼻先を掠めるように、十束の放った炎の蝶が閃いた。突然の熱に、「ひっ!?」と矢俣が蹈鞴《たたら》を踏む。

「矢俣っ！」

十束が、強い声音で呼びかけた。矢俣が反射的に背後を顧みた。

周りの通行人がざわつきながら二人を見る。十束は気にせず、ゆっくり前に進む。

相手の目を真っ直ぐに見つめ、視線で動きを封じながら、

「もう、止そう」

言い聞かせるように告げた。

「逃げたって、何も、解決しない」

矢俣の全身が脱力した。呆けたような、いまにもくずおれそうな様子で、途方にくれて立ち尽くした。

顔に浮かぶ、痛々しい表情。しかし、許してやるわけにはいかない。矢俣自身のためにも、見過ごせない。「矢俣」と感情を殺して声をかける。ここから、何をどうするのが正解なのか。そんなことを考えながら、十束は矢俣に向かって歩み寄る。

ところが、

「や、矢俣!?」

突然の叫びは、矢俣の背後、通りの先から聞こえてきた。二人組の少年たちだ。矢俣が、ぎょっとした顔を見せた。

少年たちは矢俣に驚いて立ち止まったあと、慌てて駆け寄っていく。どちらも怒りを顕にしているのを見て、十束は慌てて矢俣の側に走り寄ろうとした。

しかし、

「え、あれっ？　キング？」

二人組のあとに続いて現れた周防を見て、目を丸くした。「十束か」と周防も意外そうな顔を見せる。

「なんでここに？　あの二人は？」

「……………」

周防は余計な説明は省き、くいっ、と二人――そして矢俣の方にあご先をしゃくった。

少年たちと矢俣は、互いに知り合いらしい。片方の少年、髪の短い癖毛の少年が、噛みつかんばかりの勢いで、矢俣に詰め寄っている。

「よくも騙しやがったなっ！　ヤバい仕事だけ押しつけやがって！」

「だ、だったらなんだよ！　テメエだって納得尽くだろうが！」

「何が《吠舞羅》に入れてやるだよ！　インスタレーション《テスト》のことなんか聞いてねえだろ⁉」

「知るかよ！　なもん、お前ら次第だろうが！」

二人組の一人は興奮し切っており、矢俣もさっきまでの虚脱状態から一転――というより、その反動かもしれない。稚気を剥き出しにして、少年たちを痛罵していた。巻き込まれることを恐れたのか、通りからは急速に人が去っている。

「あの二人、ストレインだ」

ぼそっと言う周防の台詞に、十束はハッとする。

「この前のマフィアの件でな。《吠舞羅》入りを餌に、あごで使われたってよ。泣きついてきた」

「………」

それで事情が飲み込めた。

少年たちは見るからに未成年だ。矢俣たちとつるんでいたということは、学校にも通っていないのかもしれない。下手をすると家出していることもあり得る。残念ながら、能力者――特にクランに所属しないストレインは、世間からドロップアウトするケースが多いのだ。未成年者なら、なおさらである。

そんな、孤立したストレインにとって、クランに所属することは大きな意味を持つ。ましてや、仮に二人が鎮目町で暮らしているなら、《吠舞羅》への加入は死活問題とさえ言えるだろう。そんな条件を出されれば、断ることは難しいはずだ。そして、そのことは、二人を利用した矢俣にもよくわかっていたに違いなかった。

目覚めた「力」をひけらかし、手に入れた「立場」を利用して、弱い者を喰い物にする。十束の顔が悲しげに歪んだ。何も矢俣だけではないのだろう。似たようなことは、いまの《吠舞羅》では珍しくもないのかもしれない。

ほんの少し前の、周防の台詞が胸中に去来する。自分たちは、何かを強いる者たちに、逆らい続けてやって来た、と。その通りだと、十束も思う。

しかし、「力」を手に入れ、勢力を増した十束たちに、何かを強いる者はいなくなった。そして気がつけば、今度は十束たちが他の者に何かを強いるようになっていた。皮肉。まったくだ。だが、このままにはしない。断じてできない。間違いがあるなら正せば良いし、誤っている者がいるなら指導すればいいのだ。少なくとも、諦めて放置することは、十束にはできない。

と――

靴を鳴らし、周防が前に出た。矢俣たちの方に近づいていく。「キング?」と声をかけても振り返らない。

ふと気がついた。

周防の纏う空気に変化がある。言葉にすると上手く言えないが、迷いがないのだ。ここしばらくはずっと感じていた感情の澱のようなものが、『HOMRA』を出ていったときに比べて、薄らいでいるような気がする。

吹っ切れたような清々しさ。

しかし同時に――

何か――

嫌な予感がした。

「……お前が、矢俣か」

言い争う矢俣たちに、周防が声をかけた。矢俣はやはり、相当周りが見えなくなっていたらしい。声をかけられるまで周防に気がつかなかったようで、「ヒッ!?」と死人のように青ざめた。

「……キ、キング……」

と辛うじて声を出したあとは、最悪の獄吏を前にした罪人さながら、震えながら縮こまった。

少年二人もピタリと口を閉ざし、番犬を警戒する野良猫のように、身を退きながら息を呑んだ。

周防は、無言で突っ立ったまま、じっと矢俣を見つめていた。

十束が慌てて周防の傍らに足を進めた。なぜか自分まで動悸《どうき》が速い。ニトログリセリンの詰まったドラム缶に接近している気分だ。

そういえば、二人組がここに来た理由はわかった。しかし、周防は？　なぜわざわざ二人に同行して来たのか。正直、周防らしくない。

「——キングっ、落ち着いて。問題はあるけど、焦っても仕方ない」

横から声をかけたが、周防は耳を貸す素振りさえ見せなかった。

しばらく無言のまま矢俣を見据え、

「……思い出した」

と小さく笑った。「え？」と十束が思わず聞き返す。

「覚えてないか？　外で飲んだ帰りだ。夜中に道端で、ヤクザにボコられてたガキがいたろ？」

矢俣がギクリと身を震わせ、あ、と十束も思い出した。

雨の晩だった。いつものメンバーが店で散々騒いだあと、たまには自分も客の立場で楽をしたい、と草薙が言い出したのだ。それで、アンナが寝たあとの遅い時間に、周防と草薙、十束の三人で外に飲みに出たのである。

シャッターの降りた商店街の片隅。雨に濡れる街灯の下で、三人組のチンピラに囲まれて一人の少年がいたぶられていた。あとでわかったところによると、泥酔していたチンピラの一人から、カバンをひったくろうとして失敗したらしい。狙われた男は酔いも手伝って激昂しており、残る二人は連れが少年を足蹴にするのをニヤニヤと眺めていた。ただ、草薙が声をかけ、その背後の周防と十束——特に周防だろう——を見ると、顔色を変えて立ち去っていった。

十束は残された少年に手当てを申し出たが、少年は口を利かずにその場から走り去った。そして、半月ほど経ったころ、『HOMRA』を訪れてきたのである。

強くなりたい。

虐《しいた》げられる側から抜け出したい。

這い上がりたいのだ、と。

周防が差し出した炎を目の当たりにしたときも、躊躇した時間はほんのわずかだったはずだ。

「…………」

十束は改めて矢俣を見つめる。すぐに気付かなかったのも無理はないほど、矢俣はあのときと、あまりに印象が違っていた。服の趣味も違うし、髪の色も変えている。何より、人相そのものも変化している気がした。

しかし、一度気付けば、間違いない。あのときの少年だ。

「……でも、どうして？　君は、あんな目に遭うのが嫌だから、《吠舞羅》に入ったはずなのに……」

まだ驚きが収まらぬまま、つい思いを口にする。

「だから《ヽヽ》だろ」

周防が言った。

「喰い物にされたくないから、喰い物にする側に回った。むしろ、わかりやすいじゃねえか」

「そんなっ。それじゃ、何も変わらないじゃないか。自分はよくても、別の誰かが、虐げられるだけだ」

「だとしても、『どっちがマシ』かと聞かれれば、大概のやつらはこいつと同じ選択をするはずだ」

周防はそう言ってうっすら笑うと、

「お前らも」

と、二人組に首を向けた。

「這い上がりたくて、《吠舞羅》に入ろうとしたんだろ？」

急に問われた二人は、ギクリと硬直した。だが、図星なのは間違いないだろう。力と居場所。クランズマンとしての立場や地位。それらを欲するストレインたちの気持ちは、痛いほどよくわかる。

「つまり」

周防は続ける。

「お前らは、同じ穴の狢《むじな》なんだ。……いや、お前らだけじゃねえ。俺たちもな」

「キングっ」

「なんだ？　気取ることはねえだろ。俺たちは所詮はぐれ者の集まりで、それがたまたま、王だのクランズマンだのになったってだけだ。偉ぶるようなことでもねえし、恥じるようなことでもねえ」

それは、淡々とした口振りだった。

周防は、今度は二人組だけでなく矢俣をも見回しながら、

「どうせお前ら、何もなかったんだろ？　だから欲しがって、足掻《あが》いてきてたんだろ？　別に、誰かに褒められたくてやったわけじゃねえはずだ。悪党は悪党らしく、図太く構えてろ」

低いトーンの周防の声からは、感情が欠落しているように聞こえた。しかし、そうではないことに、十束は気付いていた。

表面上落ち着いて見えるのは、深い部分での苛烈な情動、幾つもの葛藤が、極まり、均衡しているからに過ぎない。いつになく饒舌《じょうぜつ》なのがいい証拠だ。噴火寸前のマグマの胎動が、声や表情を介さずとも伝わってくる。

「だがな」

周防は続けた。バチッ、と目に見えない火花が飛んだような気がした。

「他人から奪ったものは、いつか必ず、他のやつに奪われる。必ず、だ」

周防はあくまで静かに語りかけているが、その存在感、威圧感は、語るほどに増大していた。もう十束でも口を挟めない。全身に軽い痺れを感じながら、じっと周防を――己の王を見守るだけだ。

「ついでに教えてやる。お前等が本当に欲しがってるものは、力や立場じゃねえし、居場所でも金でもねえ。結局のところ、ひとつだけだ。そいつは、他人から奪ったり、恵んでもらえるようなもんじゃねえんだよ。仮に、紛《まが》い物を手に入れてその気になろうと、今度は奪われる恐怖に縛られて、自滅するしかなくなるだけだ。お前等は、それがわかってねえ。だから、周りに振り回され、騙し、騙されて、結局は元いた場所に戻っていく。嫌だ嫌だと喚きながらな」

周防はそう、吐き捨てた。複数の感情の均衡が、少しずつ崩れつつある。周防を中心とした空間が、グツグツと泡立っていく。

「欲しがってる……もの？」

震えながらそう尋ねたのは、矢俣でも、彼に噛みついていた癖毛の少年でもなく、一番大人しそうな、リュックを背負った眼鏡の少年だった。周防が鋭く向けた眼光にも怯まず、じっと食い入るように見つめ返している。心の底から周防の——王の答えを知りたがっているのだ。

周防は答えた。

「自尊心《プライド》だ」

それはまさに、王の——「赤の王」の言葉だったに違いない。

矢俣が落雷に打たれたように目を見開いた。ぐっと歯を食いしばり、目尻に涙を浮かべた。癖毛の少年が息を呑み、質問したリュックの少年は、ハッとした顔で思わず拳を握り締めていた。

十束もまた、例外ではない。少年たちのような衝撃はなくとも、周防の言葉が胸に吸い込まれ、収まるべき場所にストンと収まったような気がした。

自尊心。

いまの世の中、そんなものがなくとも、生きていくことはできる。暮らしていくことはできるだろう。むしろ邪魔なだけだと主張する者さえいるかもしれない。そんなものがなくとも、人は幸せになることができる、と。

しかし、十束はそう思わない。

本当の自尊心とは、自惚れや驕《おご》り、虚栄とは異なるものだ。自分が自分であるための尊厳——自らを支える柱に他ならない。人によって形や大きさは様々だとしても、最低限自らを支える何かがなければ、人は人として生きてはいけない。それがどのような形であれ、自分自身を尊ばずして、真の幸福は得られないのだ。

そして——周防の言うことは、正しい。

他人の自尊心を踏みにじることで自らの自尊心を得た気になったとしても、それは所詮「紛い物」だ。自分が他者に踏みにじられればあっさりと失われるし、そうやって失うことを恐れるあまりどんどん本当の自尊心から遠ざかってしまうだろう。

本当の自尊心を奪うことができるのは、唯一、自分自身だけである。

「矢俣。お前はまだまるで、這い上がっちゃいねえぜ。いまお前が立ってるのは、砂上の楼閣だ。どれだけ他人の血で砂を固めたところで、崩れるときは一瞬だ」

周防は厳然として言った。

言葉のひとつひとつに、おざなりにできない重みがある。その重みがのしかかり、辺りの空気が粘度を増すかのようだ。それは、周防の貫禄という以上に、「現実」の持つ重みなのかもしれない。日頃は意識していない――できていないだけで、常にそこに存在する重さだ。

　すると、矢俣は全身を震わせ、

「……だったら」

　と縋るように声を振り絞った。

「だったら、キング。赤の王。俺は……どうすりゃ良かったんだ？　身体張って力を手に入れて……《吠舞羅》の一人になって、周りから一目置かれて……それでようやく俺は、誰にもバカにされない、一人前になったって……。そうじゃないって言うなら、キング。俺、どうすれば本当の自尊心《プライド》を手に入れられたんだよ？」

　矢俣は赤らんだ顔で、ようやく王を正面から見つめた。

　問いかける己のクランズマンに対し、周防は突き放すように告げる。

「自分で考えろ。でなきゃ、意味がねえ」

　たとえ好意から与えられた自尊心が存在するとしても、それでは自らを支える柱にはなり得ない。

　近道や抜け道はないのだ。自分の手で育てるしかない。

　自分の手で育てたからこそ、自尊の心は自らを支える力になり得る。

　そしてそれは、他人を傷つけて得るような類いのものでは、決してなかった。

　矢俣がくしゃりと顔を歪めた。

「じゃあ……じゃあ、クランズマンって、いったいなんなんだよっ？　なんのためにあんたは、自分の力を与えるような真似してるんだよ……」

喘ぎながら紡ぐ矢俣の質問に、周防より先に十束が身構えた。「矢俣、それは――」と身を乗り出して説明しようとした。

しかし周防は、

「さあな」

と、ごくあっさり答えた。

投げ槍な台詞だ。ただ、そのひと言には熱が籠もっている。周防の身体の底で燃えたぎる、迷いと苛立ちの熱。周防もまた苦しんでいる証である、秘めた灼熱の、残滓があった。

「はっきり言って、深い理由なんかねえよ。あるいは、王ってのはそういうもんなのかもしれねえ」

だが、と周防は続ける。

身内に激しい葛藤を抱えたまま、言葉を繋げる。

「ひとつだけ言っておく。俺がつるんでんのは、テメエの生き様に自尊心《プライド》を持ってるやつらばかりだ。そいつらが集まって、《吠舞羅》ができた。――いいか？　《吠舞羅》であることに意味があるんじゃねえんだ。そいつらに意味があるんだ」

叩きつけるようだった。

周防の全身が一瞬膨らみ、熱波が押し寄せてくる錯覚が生じた。

十束は息を呑み、

「キング……」

と周防の横顔を凝視した。周防は盛大に舌打ちすると、矢俣から目を逸らした。

矢俣は虚脱してうなだれる。二人組の少年たちも、何も言うことができずに立ち尽くしていた。

疲労感の漂う、それでいて、いまだ張り詰めた時間が流れる。

やがて、

「十束」

周防が、虚空をにらみながらつぶやいた。

「決めたぞ。《吠舞羅》は、バラす」

「——っ」

十束は両目を見開いた。

十束の受けた衝撃は、その反応を見ずとも周防に伝わったはずだ。しかし、周防は取り合わない。顧《かえり》みようとしない。

「……そうだ。《吠舞羅》だのチームだのに意味なんかねえんだ。残りたいやつは残ればいいし、去りたいやつは去ればいい。俺たちが《吠舞羅》なんて『形』にこだわる理由がどこにある。好きにするさ」

まるで自分に言い聞かせるような、周防らしからぬ言い様だった。しかし、周防の横顔には、確かな決意が浮かんでいる。とっさに考えが追いつかなかった。周防の台詞にリアリティーを感じられず、感情が整理できない。

十束はろくに頭が回らないまま、

「……本気？」

「悪いか」

「草薙さんがなんて言うか……」

「さあな。案外さっぱりするんじゃねえか」

「八田が聞いたら失神するよ？」

クッと周防が笑う。

「お前は、どうなんだ」

「俺は……」

十束は少し口籠もった。

それから、混乱して流されるまま肩を竦めた。

「とりあえず、解散パーティーの準備でも始めようかな……」

精一杯の減らず口——のつもりだったが、いざ口にしてみると、不思議なほど気持ちが軽くなった。自分でも意外だ。いつの間に《吠舞羅》という看板は、十束にとってすら、これほど重たくなっていたのだろうか。

それともこれは、逃避だろうか？　一時でも、気分の悪い諸々の問題から視線を逸らせる解放感が、この気分の正体なのだろうか？

そうかもしれない。

そうだとすれば、自分は後悔するのだろうか。いまこの瞬間のやり取りを、あとになって苦々しく――

「……止めて下さい」

ぼそっ、と弱々しい声がこぼれた。

矢俣だ。

「俺のせいで《吠舞羅》がなくなるなんて……ほ、《吠舞羅》は強くて、堂々としてて、格好良くて……ずっと、憧れてたんだ。だから……」

矢俣がうなだれたまま言った。みっともなく鼻をすすり上げた。

「お願いです。そんなの、止めて下さい」

懇願する矢俣の姿が、あの日、周防の手を取った少年の姿に重なった。王の炎を無事我が身に宿したときの、喜び、誇らしげな笑顔が脳裏に甦《よみがえ》った。

十束の、背筋が伸びた。

「――だよね」

と、己の弱気を振り切って、力一杯、笑みを浮かべる。

逃げたら負けだなどというのは、十束の信条ではない。苦しければ休むべきだし、嫌なら止めたっていいというのが、十束の考えであり、生き方だ。

しかし、今回ばかりは少し違う。ここは、踏ん張りどころだ。

「キング。彼には、罪を償ってもらおう」

周防は顔をしかめた。

忌々しげに十束をにらみ、

「こいつは別に、罪を犯したわけじゃねえ。……いや、犯罪に手を染めてたんだとしても、それは俺たちがどうこう口を出すような『罪』じゃねえだろ」

「だとしても、《吠舞羅》の一員として、ケジメは付けなきゃいけないよ」

「《吠舞羅》は終わらせる」

「まだ終わってないよ。それに……終わらせるのは、やっぱり反対だ」

十束は横を向き、真っ直ぐに周防を見上げた。

「あんたには居場所がいる。この、物騒な王様を、ちゃんと置いておく場所が必要だ。昼寝させて、ご飯食べさせて、ときどき笑わせるための。あんたのためじゃなくて、世間様のためにね」

「あっ？　世間なんか知ったことかっ」

何か逆鱗《げきりん》に触れたのか、周防の眼光が険しさを増した。子供ならずとも泣き出してしまいかねない獰猛な迫力だ。しかし、十束は鉄壁の笑みを崩さず、にこやかに周防の視線を受け止める。

「じゃあ、俺のためでもいいや。もちろん、草薙さんも」

そう軽やかに返すと、周防がさらに噛みつこうと口を開ける機先を制して、

「矢俣。いいね？」

と、確認した。

矢俣は頷いた。

テんメエ……とねめつける視線が、ピリピリと十束の首筋を焼く。冗談抜きでおっかない。まさに、野生のライオンがすぐ隣で顎《あぎと》をもたげ、その生臭い息が吹き掛かっているかのようだ。

十束は意識的に意識しないようにしながら、

「君たちも」

と二人の少年に声をかける。

「《吠舞羅《ほむら》》がどんなとこだか、わかったでしょ？　あとどうするかは、自分で決めるといいよ。

――よく、考えてから、ね」

「…………」

少年たちが揃って困惑の表情を見せる。しかし、二人の表情は困惑しつつも、きちんと前を――将来を向いているように思えた。

そう言えば、自分が初めて周防と会ったのも、彼らぐらいの歳ではなかっただろうか。言ってしまえば、たかだか数年前。なのにもう、生まれてからほとんどの月日を、一緒に過ごしているような気さえする。

ならばやはり、《吠舞羅》を放り出すのは誤りだ。たとえ目の前の問題が難解で、苦しくても、嫌で仕方ないとしても、ギリギリまで拘《こだわ》る価値が――少なくとも十束にとっては――ある。

よし、と十束は腹をくくった。

だが、

「いたぞ！　こっちだ！」

すでに人気の失せたショッピング・ストリート。そこに、少なからぬ数の男たちが、一斉に駆け込んできた。

男たちは全員、同じ制服に身を包んでいた。青い制服。喉の奥から呻き声が出そうになる。《セプター4》だ。八田と伏見は何をしている——いや、現れた隊員たちには、交戦した名残は見られなかった。別部隊なのだ。

《セプター4》の隊員たちは、通りに雪崩れ込み、そしてギクリと動きを止めた。

周防だ。

ちらっと横目に見た十束は、すぐさま視線を戻した。我が王ながら、胃の底が冷えるような凶悪な面相を浮かべている。鬱屈が重なっていただけに、まさに爆発寸前だ。間が悪い。十束にとっても。むろん、《セプター4》《かれら》にとっても。

「……おい」

二人の少年など、そのひと言で卒倒しそうな声だった。

「何の用だ」

地獄の業風のようだった。青服たちが弾かれたように構え、脂汗《あぶらあせ》の滲む顔面を強張らせた。他人事ではない。十束も彼らと似たような気分だ。

しかも、それは始まりに過ぎなかった。

「先ほどはどうも。赤の王」

駆けつけた青服たちを割って、一人の男——青年がゆっくりと前に歩み出た。ひくっ、と十束が頬を痙攣させる。

身を包む青い制服が、嫌味なまでに決まっていた。「秩序」を司る有能な守護神さながら、制服の裾を優雅に揺らし、滑るように歩く、その圧倒的存在感。

青の王、宗像礼司。

しかも、「先ほどはどうも」とはどういうことか。まさかと、横目に周防を見れば、あの凶悪だった面相が、さらに威力を増している。

「失せろ」

と、最後勧告さながらに吐き捨てた。地獄の獄卒だろうと、直ちに、全力で、撤退したに違いない。

しかし、青の王は涼しげに黙殺。

「《セプター4》の業務上、そちらの矢俣氏から話を聞く必要が生じました。身柄を引き渡して頂けますか」

矢俣が竦み上がった。

そしてまた、

「——ああ。そちらの二名も、同行頂きたいですね。登録がまだですし、お二人にも色々と伺うことがある」

理知的に整った容貌に微笑を湛えつつ、青の王は、それが唯一絶対の真理であるかの如くに宣《のたま》った。まさに我が物顔だ。ケチの付けようがないほど優雅で慇懃《いんぎん》であるにもかかわらず、この、にじみ出る唯我独尊はどういうことなのか。これは……と十束は絶句する。不味い。周防とは、徹底的に合わないであろうタイプだ。

案の定、

「……もう一度だけ言うぞ？　失せろ。目障りだ」

周防は嫌悪と敵意と苛立ちを全開にして告げた。

青の王の口元に浮かぶあるかなきかの微笑みが、ゆっくりとその意味合いを変え、眼鏡の奥の双眸が細くなった。

「指図はしない——のでは？」

周防の口角がつり上がる。猛獣の笑み。十束の焦躁《しょうそう》がピークに達する。

「まっ、待ってよ！　他のクランへの介入は、一二〇《ヒトフタマル》協定で禁じられてるはずだ！　矢俣を引き渡す謂《い》われはないでしょっ？」

唾を飛ばす十束に、青の王はにこやかに――それでいて冷然と――告げる。

「とりあえず事情を聴取するだけですよ？　その結果によっては、司直の手に委ねることもありえますが……特異現象誘発能力保持者の処置、対応に関しては、我々《セプター4》に委任されることがほとんどです。もちろん、彼が潔白なら、なんの問題もないことですが」

「でも――!?」

前に身を乗り出そうとした十束を遮り、周防が、真横に腕を伸ばした。

十束が何か言うより早く、

「要するに」

と、青の王をねめつけ、断言する。

「喧嘩を売りたいわけだろ、宗像？　つくづく回りくどい男だな」

いやいやいやいやいや、と十束が青ざめる。

周防は何を言ってるのか。王と王の喧嘩？　いやいやいやいや。冗談にしても質《たち》が悪い。何より、縁起が悪い。何しろ、周防は赤の王で、宗像礼司は青の王なのだ。最悪地図の表記が変わる喧嘩など、冗談抜きで冗談ではない。

「……周防尊。あなたが脊髄反射だけで口を利いているのではない――と前提した上での質問ですが……」

宗像は笑みを湛えたまま、ゆっくりと眼鏡を押し上げた。

「ストレイン二名はむろんのこと、その矢俣氏を守る意味が、いまのあなたにあるのですか？　厄介者をこちらで引き受けると申し出ているわけですよ？　いまの《吠舞羅》の抱えている面倒を、こちらで少し受け持つ、と」

周防はこれ見よがしに唾を吐き、おもむろに煙草を取り出した。

パッケージから一本抜き取り、口にくわえ、ライターを出し、火を付けて、ゆっくりと吸い込む。

煙を悠々と吐き出しながら、青の王に——その腰に提げたサーベルに——向かって、傲然とあごをしゃくる。

「もういい。抜け」

「キングっ⁉」

十束は悲鳴を上げた。

同時に、

「——室長っ」

青の王の傍らにいた女性隊員が、鋭い声で指示を求めた。十束が慌てて身構える。王と王がぶつかるならば、いま目の前にいる《セプター4》の隊員すべてを、十束が相手することになるのだ。ヘルプを呼ぶべくタンマツに手を伸ばしつつも、頭の中はまだ「嘘でしょ⁉」の大合唱だった。

いや、それ以前に「煽ってどうするのっ⁉」と女性隊員に叫びたい思いだ。

「……是非もない、ですね」

青の王が、ため息をこぼした。

そして――異様に冷たい、絶対零度の眼光をのぞかせる。

「淡島君。部隊の指揮を任せます。私が周防尊を押さえる。その間に、矢俣大智と他二名を確保して下さい。のちに、撤収。なるべく早く終わらせましょう」

7

「焦るな！　十分に距離を取りつつ、囲い込めっ。相手は二人だ。打倒せずとも、封じればそれでいい！」

秋山氷杜《ひもり》は喉を嗄《か》らし、サーベルを振りながら指示を出した。

交戦相手の情報は、すでに手元にある。《吠舞羅》の切り込み隊長、「八咫烏」こと八田美咲。そして、その相棒である暗器使いの伏見猿比古。どちらも若い。まだほんの少年だ。しかし、武闘派たる赤のクランでも、五本の指に入る実力者たちだった。数はこちらが数倍とはいえ、いまだ実戦経験の乏《とぼ》しい隊員たちには、相当の強敵と言える。むろん、秋山自身にとっても。

——これが赤のクランズマン……！　強い！

すでに戦場は、バーから屋外に移動していた。八田と伏見が見せる縦横《じゅうおう》無尽《じん》で勇猛果敢なコンビネーションは、二階の店内に押し寄せた《セプター4》を、ビルの外まで押し返したのだ。

もっとも、この後退はある程度秋山の意図した形でもある。狭い空間では個人の戦闘力が戦況を左右するが、広い空間——部隊で個人に対する戦況なら、まだやりようはあるからだ。

夕暮れのビル街。黄金のクラン《非時院》の協力も得て、すでに付近の避難と封鎖は完了している。

「弁財《べんざい》！　退路を——」

「わかってる！　迂闊《うかつ》に前に出ず、一定の距離を保て！　相手の動きそのものではなく、行動範囲を限定するんだ！」

秋山の号令に、弁財酉次郎《ゆうじろう》が即座に応じる。

秋山と弁財の二人は、元国防軍の軍人だ。その経歴を買われて、小隊長を任されている。以後は、秋山たちの柔軟な運用に耐えられるよう、指揮する小隊には独自の指導と訓練も課してきた。

それがいま、活きている。

「っチ!?　うぜえな、クソが！　かかって来いよ！」

八田が怒号を放つ。八田を中心に炎が燃え上がり、暑気を吹き飛ばす熱波が吹き荒れた。

八田はスケートボードを使用した高機動攻撃を得意としている。その突破力は圧倒的で、数人がかりで隊列を組んでも、まともには太刀打ちできない。

しかし秋山は、八田の怒号に疲労の影があるのを、冷静に見て取っていた。

「美咲！　出すぎだ！」

自らも隊員をいなしながら、伏見が八田の背中に叫んだ。

八田とは対照的に、伏見の戦闘スタイルは、極めてクレバーだ。熱狂して見えるときでさえ、頭の片隅では戦局全体を見渡している節がある。相棒のような派手さはないものの、ミスのない効率的な行動を取っている。

しかしいまは、突出する八田のサポートで手を封じられていた。いや、そうなるよう秋山たちが仕向けているのだ。

撃剣動作を基本とした《セプター4》の「力」の行使は、能力者の周辺——サーベルの刀身が届く範囲を中心とした空間を自らの意識下に置き、制御することを主眼に置いている。その、もっとも基本的な発露は、「力」による結界、シールドだ。「防御」こそ《セプター4》の本領なのである。

そして秋山は、弁財の部隊と自身の部隊を連動させ、二人を柔らかく包囲しながら、徐々にその勢いを削いでいた。

隊員たちが個々に結界を展開し、且つその結界を連結させながらも、一ヵ所に留まることなく常に移動し続ける。敵が押せば引き、止まれば迫り、真綿でくるむように少しずつ打撃を与えているのだ。そしてその状態を維持し、相手の損傷を蓄積させるのである。彼我のダメージ・コントロール。その意味に、伏見は気付いているようだが、打開できずに焦りをのぞかせている。

——いける……！

秋山と弁財の柔軟な部隊運用は、突出した強さを誇る《吠舞羅》の二人を、狡猾《こうかつ》に搦め捕っていた。数の力が活きている。そして、その「数」を指揮する秋山と弁財の実力が発揮されている。やがて、ついに八田の足が止まった。「くそっ」と八田が毒づき、伏見の表情が険しさを増す。

「焦るな！　維持しろ！」

即座に弁財が指示を飛ばした。

適切な判断だ。一気に畳み掛ける必要はない。封殺すればそれでいい。いける——と、秋山はもう一度確信した。

だが、それはやはり、実戦経験の乏しさからくる浅はかさだったのかもしれない。

突然だった。流星群の如く飛来した幾多の火球が、次々に隊員たちの結界に襲いかかった。

不意を打たれた部隊の足並みが乱れ、陣形に綻びが生じる。しまったと思ったが遅かった。伏見はその隙を見逃さず、側にいた隊員に襲いかかって強引に蹴り倒した。

相棒の動きに即応して、八田がスケートボードで突進。あっさりと包囲を突き崩す。入れ替わるように伏見も続き、同時に追撃の手を封じ込める。一度こうなっては挽回《ばんかい》は困難だ。「退《ひ》け！」と弁財。秋山もすぐ、自身の部隊を後退させる。弁財の部隊と合流し、八田、伏見の二人と、距離を空けて対峙した。

――くそっ。

八田と伏見はぬかりなく、火球が飛来してきた方向に移動してきた。《吠舞羅》の援軍が到着したらしい。だが、ビル街に姿を見せた援軍は、予想に反して一人だけだった。

すらりとした長身の男。金髪でサングラスをかけ、手でオイルライターを軽妙に弄んでいる。まだ火の付いていない煙草をくわえた唇が、不機嫌そうに結ばれていた。

彼もまた資料にあった顔――それも大物だ。赤の王の右腕、草薙出雲。《吠舞羅》のナンバー2である。

「……秋山。不味いんじゃないかな」

弁財が小声で秋山にもらした。

実際、その通りだ。八田と伏見の二名だけなら、包囲を突破されたいまも、まだ交戦する余裕はある。しかし、もう一人――それも、両名よりさらに強力なクランズマンが参戦するとなれば、形勢が逆転するのは目に見えていた。

また、さっきの草薙の攻撃は、明らかに「手加減」されたものだった。血の気が多い若年者たちと異なり、草薙は組織の参謀格。《吠舞羅》の中ではもっとも――おそらくは赤の王以上に――大局を見ることができる人物と見なされている。現時点で《セプター4》との間に本格的に戦端を開くことは、できれば避けたいのだろう。さっきの奇襲は言わば「警告」なのだ。とすれば、こちらが大人しく退けば、追撃してくる可能性は低いはずだった。

撤退するのが妥当だ。

しかし、

「……宗像室長から、撤退の指示は出ていない」

撃剣機動課は再創設されて間がない。だからこそ、現場判断で命令を疎《おろそ》かにするようでは、組織としての規律が育たない。トップの指示が忠実に守られていてこそ、組織は組織たり得るのだ。

生真面目な秋山の横顔に、弁財が苦笑いして、サーベルを構え直す。

秋山は鋭く息を吸い、

「隊列を組み直す！　総員、配置につけ！」

「草薙さん！　助かりましたやあらへんわ」

「コォラッ。助かりましたやあらへんわ」


と、草薙は嬉しそうな八田を、苦虫を噛み潰したような顔で叱りつけた。

「当分大人しうしといてくれて、言うとったばっかりやないか」

「仕方ないっスよ！　売られた喧嘩っスから！」

応える八田は悪びれないどころか、むしろ誇らしげだ。頭が痛くなる。

お前がついていながら、と非難がましく伏見に目をやれば、こちらも涼しい顔で肩を竦めた。

まったく、と草薙は胸中でぼやいたが、まあ、この二人らしいといえばこの二人らしいのかもしれない。

「――十束さんですか？」

と伏見。草薙が駆けつけた理由への質問だ。

「せや。あいつは矢俣の方を追いかけとる。いまごろは確保しとるやろ」

「どうするんです？　《セプター4》《あいつら》に引き渡すんですか？」

「草薙さんっ、オレ、反対ですよ⁉　あの野郎、こっちで締めねえと気が済まねえ！」

気を吐く八田に、草薙はいよいよ頭を抱えたくなった。

とはいえ、実際問題、いますぐ矢俣の身柄を《セプター4》に引き渡すわけにはいかない。まずこちらで詳しい話を確認し、裏付けを取っておく必要がある。

第一、今回の《セプター4》の動きは、一二〇《ヒトフタマル》協定上、正当な行為とは言いがたい。はっきり言って、かなりグレーだ。とすると、当然そこには「あえて踏み込んだ」青の王の意思が含まれているはずであり、だとするなら安易な譲歩は、今後の《吠舞羅》にとって長期的悪影響を及ぼしかねなかった。

——ほんま、厄介な真似を厄介なタイミングで仕掛けてくれるわ。

おそらく、青の王は《吠舞羅》の出方を見たいのだ。

ただ、いずれはなんらかの形で干渉してくると予想していたものの、初手から実戦部隊を動かしてくるとは思わなかった。矢俣の件を契機と見たにしても、大胆な決断、そして迅速な行動である。

——さて、どないするか……。

ボッ、とライターに火を点《とも》し、草薙は煙草に火を付ける。悠々とふかしつつ、対峙する青服の集団を見据えた。

八田と伏見が交戦していたのは、《セプター4》の小隊、二部隊。さっきの奇襲でも退くつもりはないようで、早くも隊列を組み直している。王が不在の新設部隊にしては、なかなかに粘り強い。

「よし、猿比古。もう一回出るぞっ。草薙さん、後ろから援護、お願いできますかっ？」

「……バカ。十分発散したろ。ここは撤退だ」

「ハアっ!?　何言ってんだよ！　こんなんで後に引けるかよ！」

「だから、落ち着け。本命は矢俣だろ」

血気に逸《はや》る八田を、伏見が冷たく戒《いまし》めた。

伏見の言う通り、いま重要なのは矢俣の身柄だ。ここで草薙たちが《セプター4》とぶつかる意味はない。ないどころか、リスキーだ。十束と連絡を取って向こうの状況を再確認し、直ちに合流するのが順当な判断だった。

ただ、

――一方的に探られるんも気に食わんな。

仕掛けて来たのは向こうなのだ。退く気がないというのなら、この機会に《セプター4》実戦部隊の実力を見ておくのも悪くない。十束と合流するにしても、一度叩いてからの方が動きが取りやすいのは確かである。

何より――

気にくわないのは、草薙とて同じなのだ。

草薙は唇をすぼめて、ふー、と煙草の煙を吐く。

「……八田。伏見。もう一戦、行けそうか？」

八田が即座に顔を輝かせ、伏見が意外そうに草薙を見た。

「草薙さんっ！」

「……いいんですか？」

「構わん。ただし、『潰す』な。軽う揉んでやってから、引き上げや」

草薙はそう言うと、八田に向かってニヤリと笑う。

「ベテランのクランズマンとして、この街の流儀ってもんを教えてやろうやないか」

鎖を外された猟犬さながらに、八田が無邪気で獰猛な笑みを浮かべる。一方伏見は無言だが、なんとなく草薙の意図を察したようだ。ならば遠慮はいらないとばかりに、挑発的な視線を青服たちに向けた。

この二人は、「喧嘩」の仕方を知っている。下手にやりすぎることもないだろうし、引き上げ時は自分が計ればいい。

「よっしゃ。ほな、軽く遊んでこか」

煙草を吹かし、草薙が言った。

八田は快哉を叫びながら、伏見は無言のまま、再び《セプター4》目がけて飛び出した。青服たちが身構える中、草薙も二人のあとに続いて、ゆっくりと歩き出す。

しかし、

「——っ」

不意に、振り返った。ぞわっと鳥肌が立った。

少し離れた場所から伝わる、馴染み深い「力」の波動。そして、微かに聞こえてくる、何かの破壊音。

誰かが戦い始めた。

いや、「誰か」ではない。

「……尊?」

草薙は思わず神経を集中し――

同時に、八田と伏見が再び《セプター4》と激突。戦闘が再開された。

すでに事態は、関係者全員の意図を離れ、坂道を転がるように拡大しつつあった。

8

ゆっくりと息を吸う。煙草の先がジリジリ燃える。

煙を吐き出しつつ、つまんでいた指を煙草から離した。まだ吸い始めたばかりの煙草が、足下に落下。ザッ、と爪先で踏みにじる。

そして、周防は「力」を解放した。

全身が炎に包まれる。渦巻く火柱が暑気を焦がす。言いしれぬ解放感が全身の細胞に充ち満ちていく。

十束が何か叫んだが、その声は炎に焼かれて周防の元まで届かなかった。

ただ、

「下がってろ」

と言い置いて、悠然と一歩、前に進んだ。その視線は彼方の王——宗像から、一時たりとも離さない。

対する宗像も、すでに視点を周防に固定していた。

優雅に歩み出る制服姿から、次の瞬間、青いオーラが迸る。きらきらと空中で反射する、細かな、無数の、青い光の結晶体。結晶体群は王の威を讃《たた》えるかのように、宗像の周囲を旋回した。

それは遠目には、局地的ブリザード——あるいは渦を巻く細氷《ダイヤモンド・ダスト》に見えた。

炎と氷。

破壊と秩序。

なるほど、合わないわけだ。その事実が、いまや逆に小気味よい。

このぶつかり合いが是か非か、周防はすでに考えるのを放棄していた。とっくにリミットは越えている。訪れるべくして訪れた展開だ。ならばその結果もまた、必然だろう。

王たる自分の選択には、責任があるのかもしれない。宗像が口にしていた「王の責務」というやつが。

だが、王の選択に責任があるというのなら、こんな自分を王にした石盤にも責任はある。その石盤を管理する黄金の王にも、黄金の王の支配を受け容れる人々や社会にも、責任はあるはずだ。

自分は十分、我慢した。周防尊個人の「義理」は果たした。その上での「結果」は、つまりただの必然であり現実だろう。

積もりに積もり、沈殿し凝固していた苛立ちが、熱されて煮立ち、沸騰し、ゴボゴボと破壊衝動の泡を弾けさせている。

いまさら制御するなど不可能だし、その気も、ない。

「総員抜刀！」

宗像の側にいた女性隊員が号令を発した。応じて、後ろに連なる隊員たちが、次々に名乗りながらサーベルを抜き放つ。

小気味よい鞘走《さやばし》りの音が重なり、白刃が反射光を掻き乱した。陽射しを弾く幾振りものサーベルは、水面に跳ねる魚群の輝きを連想させた。

隊員たちは皆、宗像と似た青いオーラを展開している。サーベルを抜く動作がキーとなって「力」が発動しているのだ。羽張迅が残した先代の《セプター4》とはやり合ったことがあるが、王が替わってもクランズマンの特性は変わっていないらしい。守り主体の戦闘スタイル。だが、王自身はどうだ？

そして、周防が見守る前で、部下に続いて、宗像も腰に手をやった。

しかし宗像は、サーベルを抜かなかった。金具を操作して鞘ごと取り外し、そのまま手に携えたのである。

周防は不覚にも感動しそうになった。気にくわないことなどとっくにわかっていたはずなのに、まさかまだ、これほどまでにむかつかせてくれるとは思わなかった。まるで、周防の良心や理性が一ミリでも働いて完全燃焼を妨げることがないよう、あらかじめ丁寧にお膳立てしてくれているかのようだ。

「どうした、宗像？　刃物の扱いは、親から止められてるのか？」

「無法者の取り押さえには、軍刀より警棒が適当でしょう。第一、『先輩』に大怪我をさせては、少々心苦しい」

宗像は涼やかに応じた。

これが単なる挑発ならば、ここまでむかつきはしないだろう。だが、賭けてもいいが、いま宗像の脳裏には迦具都クレーターの件がある。つまり、本気でやる気はないということだ。

最悪の結果を回避するためなら、王として当然の判断と言える。いや、何も王でなくとも、あの事件の真相を知る者なら、全員同じ判断を下すはずだ。宗像の目的は矢俣の身柄。部下がそれを確保する間、宗像は単に周防を「押さえ」ればいい。

本気で戦う意味はない。

押さえるだけで十分。

だから抜かない。

理に適っている。そしてその理は、宗像が周防を——彼の意思や、感情を——いかに「軽く」見積もっているのかを、如実に示していた。ここまで虚仮にされるのは、いったいいつ以来だろうか。

いや。

何も周防が相手だからというわけではないのだろう。おそらくこの男はこれまでの人生でも、常に他人を自在に操り、「理に適った」対人関係を築いてきたのだ。

周囲の人間の思考や行動などをすべて把握し弁えた上で、あるときは操作し、あるときは排除しながら、「自分が」正しいと判断した結果へと導いていく。これが宗像の「常道」なのだ。ひょっとするとこの男には、いま周防が感じている憤りのことなど、想像もできていないのかもしれない。

自らの「正しさ」の前には、他人のちっぽけな「自尊心」など一顧だにしない男。

面白い。

腸が煮えくりかえるほど面白い。こういう感覚は初めてだ。

「……十束。お前はそいつらを連れて、草薙と合流しろ」

「キ、キングっ⁉」

「ついでに他の連中にも招集かけろ。当分そっちには顔出せねえ。青服どもは、お前等で捌け」

背後で十束が慌てて動く気配が伝わって来た。十束の逃げ足は一級品ながら、矢俣と二人組を連れている上に、あの数が相手では無理がある。逃げる時間を稼いでやる必要があるだろう。

宗像からその部下たちに視線を移せば、隊員たちは周防に対して緊張感も顕にし——しかし、怯える様子はなく、闘志を浮かべていた。新設して間もない部隊にしては、なかなかの士気の高さだ。

が、まだ甘い。

周防は、向こうにもよくわかるように右腕を高く掲げた。宗像の表情が変わる。しかし、隊員たちは警戒しつつも、ただ見ているだけだ。

周防は鼻を鳴らし、部隊目がけて腕を振り下ろした。

周防から立ち上がっていた火柱が、唸りを上げて、のたくり、伸び上がり、躍りかかる竜の如く隊員たちの頭上に降り注いだ。

「っ⁉　結界を強——」

女性隊員が叫んだ直後には、その叫び声ごと部隊が炎に呑み込まれていた。ジュッ、と音を立ててアスファルトの表面が溶け、赤く揺らぐ熱波が弾ける。

炎と轟音が路面を這い、放射状に広がった。周防は、自らが放った炎の余波に、悠々と身を任せた。

だが次の瞬間、広がる炎は、青い光に払われた。

通りを埋め尽くさんとしていた炎の海の中央に、冷たく硬質な光が、青い氷山の如く現れる。

巨大な結界は、その内側に二小隊の隊員すべてを抱え、炎の海を割り裂いた。炎が完全に消えたあとも、何事もなかったかのように輝いている。

「……意外ですね」

宗像は、鞘に収まったままのサーベルを、部隊を庇《かば》うように横に突き出したまま、

「力自慢と噂の赤の王が、クランズマンから先に狙うとは。実は、弱い者苛めがご趣味で？」

これほど上品な嘲笑というものも、なかなか見られないだろう。瞬時に部下を守った王は、氷の眼差しで周防を見据える。

周防は鼻を鳴らし、

「喧嘩売るのにぞろぞろ手下を引き連れて来る野郎の台詞とは思えねえな」

「ん？　ああ、なるほど。お友達を逃がす時間稼ぎですか。いじましい友情ですね」

宗像が周防の背後に視線を投げた。どうやら十束は、周防が与えた機会を逃さず、矢俣たち共々戦場を離脱したらしい。矢俣や未熟なストレイン二人を連れて、さすがの逃げ足である。

「もっとも、すでにこの近辺には部隊を展開しています。あまり事が大きくなりすぎる前に、『協力』して頂きたいのですが」

「この期に及んで『協力』とは大した面の皮だぜ。ご自慢の結界は、そんなとこにも作用すんのか？」

「心遣いですよ。誇り高い赤の王が、いつでも自分に言い訳できるよう」

「教えといてやろうか、宗像。そうやって上辺や体面ばかり気にしてると、つまらない人生を送ることになる」

「食べては寝ての野良犬じみた生活を送っている方の台詞とは思えませんね」

宗像の語気は、まるで乱れない。周防は、クックと低く笑った。まったく盛り上げてくれるものだ。

「いちいち期待させてくれるのはいいんだが……拍子抜けする程度なら、ただじゃおかねえぜ？」

「ああ、それは大変口惜しいのですが、要らぬ心配でしょう。もっとも、あなたの期待を満足させる方向にはならないと思いますが」

宗像はそう言うと、もう戯《ざ》れ言《ごと》は良いだろうとばかりに、ブン、とサーベルを振るった。

「淡島君。一度後退し、迂回《うかい》しながら追跡を」

「は、はいッ！」

まだ少し浮き足立ちつつも、さっきの女性隊員が返答した。すぐさま部隊を振り返り、指示を出す。

やはり士気の高さは悪くないようだ。念のためもう少しだけ足止めしておきたい。周防は「力」を操り、一気に炎を練り上げる。

が、それより早く、展開されていた宗像の結界が爆縮した。

なにっ、と思ったところに、凝縮したオーラを纏う宗像が、一瞬で距離を詰める。あの涼やかな表情のまま、鞘先を突き入れた。

軽やかな、優雅な一撃。しかし、とっさにガードした両腕から伝わる衝撃は、周防の予想を大きく上回った。

思わず、目を瞠《みは》る。

「っ⁉」

青の王の一撃に、爆発するように火の粉が舞った。

放ちかけていた「力」が一部霧散。残りを掻き集めさらに出力を上げながら、宗像の攻撃を押し返す──と思った瞬間、込めた「力」が空転した。周防のとっさの反発を予期していた絶妙のタイミングで、宗像が体を入れ替え「力」をいなす。そのまま流れるようにサーベルを操って、鞘で周防の足を払う。

払われる寸前、クッ、と思わず後方にとんぼを切った。天地が逆転したときには不味いと感づいたが間に合わない。「力」の出力をぐんと上げ、それを放出することなく周囲に固める。

着地直前の狙い澄ましたところに、宗像の追撃が来た。まだ抜かれてさえいないサーベルが、唸りを上げて打ち込まれる。「力」を固めて受けたが、踏ん張れない。周防は、炎の尾をなびかせながら、流星のように弾き飛ばされた。

†

激突。

ショーウィンドウを突き破って、周防がビル一階の店に突っ込んだ。割れたウィンドウから噴き上がる炎と粉塵《ふんじん》。まるでバズーカ砲を撃ち込んだかのようだ。

宗像は軽やかに制服の裾を翻し、

――よろしい。

と、鞘に収まったままのサーベルをくるりと回した。

取りあえず先手は取った。この間に、淡島の率いる部隊も、通りからの離脱を終えた。あとは指示通り、矢俣たちの追跡に入るはずだ。

近辺には部隊を展開している。周防にはそう言ったが、鎮目町を根城とする《吠舞羅》が相手では、地の利は敵にあると言わざるを得ない。迅速な行動が求められるシチュエーションだ。

幸いというべきか、《セプター4》と異なり、《吠舞羅》はあくまでクランズマンの「集団」だ。「組織」ではない。状況に直面した個人が即座に正しく対処することもなければ、指揮を――というより音頭を取る者がいなければ、全体としては機能しない。特に、規模が肥大した現状においては、フットワークが致命的に重いはず。短期間で連動することは不可能だろう。付け入る隙はいくらでもある。

——とはいえ、上層部メンバーの力量は、経験の浅い撃剣機動課を凌駕《りょうが》しています。

やはり、速やかに任務を遂行し、《吠舞羅》の足並みが揃う前に撤収する形が望ましかった。

となると、厄介なのは周防だ。さっきのひと幕を見てもわかるが、彼がその気になれば、一人で撃剣部隊を制圧することができる。そうさせないために、一時的にでも沈黙させておきたいところだった。

——さて、となると何か手を打たねばなりませんが……。

迦具都事件のことを考えれば、万が一の可能性を排除するためにも、正面からぶつかるのは避けたい。では、搦《から》め手《て》で無力化するにはどうするか。宗像は幾通りもの戦術を仮定し、比較、検討する。

と——

極めて希有《けう》なことながら、そのとき宗像は、自分の耳を疑った。

笑い声が聞こえたのだ。

深みのある、低い声。怒り狂いながら、同時に楽しくて仕方ないという笑い。

見ると、周防を弾き飛ばした店が、赤々と滾っていた。店内が高熱で炙られ、あらゆる物が溶解し始めている。活火山の火口をのぞき込んだかの如き光景。そして、煮え滾るマグマの底から、のそりと男が姿を見せた。

その鋭く獰猛な双眸は、自らが発する高熱よりなお熱く、己が纏う劫火《ごうか》の数倍、禍々《まがまが》しく輝いている。

「悪かった」

周防は言った。

「お前の言ったことは、間違っちゃいなかった。なるほど、期待以上だ。上出来だよ、宗像」

ゾクリ、と。

背筋に冷たい電流が走った。

思わず舌打ちする。失敗だったか、とわずかに顔をしかめた。

あえて「力」を抑えつつ、のらりくらりと捌くべきだったかもしれない。淡島たちを離脱させるという目的もあったため、つい、ストレートに行ってしまった。結果、面倒な王に、火を付けてしまったらしい。消火の手間を思いうんざりしながら、宗像は静かに、鞘に収まったままのサーベルを構え直す。

次の周防の攻撃を予想。複数のケースに備えそれぞれに対しもっとも効率的な対応を選定しつつ、万全の構えで周防に備える。

なのに——

ふと、気付く。鳥肌が——


「行くぜ？」

火焔が、ゴォッ、と渦を巻いた。

炎の弾丸と化した周防が、獅子の笑みを浮かべ、突っ込んで来た。真正面。愚かな、と宗像は青い結界を展開。「力」を前方に集中する。だが、周防は一切構わず、スピードを落とさない。腕を引き、握り締めた拳で、炎を圧縮。引きしぼった弓から矢を放つように、拳を突き出し、炎を解放。宗像は一撃を受け止め、弾き返——そうとする。

インパクトの瞬間は、筆舌に尽くしがたかった。

重い。

途轍《とてつ》もなく、重い。

瞬時に踏ん張ったが、結界ごと持っていかれる。ガリガリ結界を削りながら、周防の拳が、宗像を押す。

——くっ⁉

落ち着け。自らに言い聞かせつつ、「力」をさらに引き出——した瞬間、周防のプレッシャーが消失。

——な。

「力」の持っていき場を失った宗像に、左サイドから周防の回し蹴りが炸裂《さくれつ》した。しかも、貫く。大鉈《おおなた》を振るったように、周防の蹴りは宗像の結界を叩き割った。反応できたのは偶然に近い。とっさにしゃがみ込んで回避した宗像の頭上、髪先を掠める勢いで、破壊の奔流が迸る。砕けた結界と噴き上がる炎が、大気を巻き込みながら斜め上空に吹き飛んでいった。まるで「力」のジェット気流だ。

チッ、と舌打ちしつつ、宗像は鞘で周防の軸足を打擲《ちょうちゃく》。だが、払えない。読んでいた周防が軸足に「力」を溜め、強引な姿勢で放った宗像の一撃を受け止めた。さらに、足払いを弾かれ、宗像の動きが止まったところに、蹴り上げた右足が垂直落下。

踵《かかと》落とし。宗像はサーベルを両手で水平に捧《ささ》げ持ち——

「つぐ!?」

隕石《いんせき》を受け止めたような衝撃だった。反射的に張り直した結界越しに、轟々と熱波が降り注ぐ。真っ赤なオーラがシャワーとなって、《セプター4》の制服を舐めた。

しかも、まだ終わらない。

周防は、宗像が踵落としを受けたあと、衝撃に痺れる一瞬の隙に、スッと身体を伸び上がらせる。そして、姿勢はほとんど変えないまま、今度は踵ではなく靴底を鞘に踏み下ろした。

再び衝撃。しかも今度は「力」が抜けない。そのまま上から踏みつけられ、強烈な圧力を掛けられる。

宗像はしゃがみ込んで鞘を頭上に掲げたまま、その場に釘付けになった。

「どうした、新王《ルーキー》？　もっと、はしゃげ」

言いながらも、周防は圧力をどんどん増加させていた。凄まじい「力」で踏みにじる。しゃがみ込んでいるアスファルトが砕け、宗像の下半身が陥没《かんぼつ》した。はね除けるどころではない。気を抜いた瞬間押し潰されそうだ。

なるほど、と宗像の唇に太々しい笑みが閃いた。

――伊達《だて》に王権者ではないということですか……っ。

面白い。宗像はカッと両目を見開いた。

集中し、一時的に「力」の出力を跳ね上げる。頭上からの圧力に、抵抗し、押し返し、均衡したところで強引に後方へと飛び退《すさ》った。支えを失った周防の右足が落下。靴底から膨れあがっていた炎が、弾けて飛び散り、舞い上がった。

素早く体勢を立て直す宗像の前で、路面を踏み割った周防は、ニッと笑いながら顔を上げる。

「頭でっかちのインテリにしちゃあ、いい動きだ」

宗像は指先で眼鏡の位置を直した。

「……あなたも、チンピラらしい、下品な足技でしたよ」

言い放った直後、今度は攻めに転じた。

さすがは赤の王というべきか、周防の「力」の強大さは、安易に抑え込むことが困難だ。となれば、常にイニシアチブを取り、戦闘そのものをコントロールするのが上策と言える。

彼我の距離を見極め、ギリギリのラインまで一気に踏み込む。踏み込みの勢いをそのまま刀身に乗せて、鞘先を突き入れる。周防がスウェーバック。追って、横薙ぎ。さらに踏み込み、刀身を返して攻撃。

ただし、周防がサーベルをかいくぐって前に出た瞬間、宗像は鋭くバックステップを踏んで、周防が出た分だけ距離を空けた。徒手の周防に対し、サーベルを使うリーチの差を最大限に活かした立ち回りだ。周防がさらに接近する気配を見せれば、直ちにサーベルで牽制《けんせい》。冷静に彼我の間合いを堅持する。猛牛を相手取る闘牛士《マタドール》さながらに、自分だけでなく、周防の位置や動きをも操作していく。

すべての動作に「力」が乗っていた。宗像の動きに合わせて、光の粒のような青い結晶体が、高速で周囲を乱舞している。応じるように、周防の赤い炎も躍り、結晶体とぶつかり合った。

宗像は空間を制御して周防の動きに負荷を掛けた。しかし、炎が結晶体を焼き払い、青の王の支配を寄せ付けない。「力」と「力」が入り乱れて、絶え間なく反発。両者が攻防を繰り返す度に互いのオーラが複雑な文様を描いて、空間上に次々と、超常的なアートを描き出した。

しかし、

「……たるいな」

周防が吐き捨てた。

「お遊戯してんじゃ、ねえんだぜっ！」

宗像に攻め込む気がないと見た周防が、無造作《むぞうさ》に前に出た。隙だらけだ。しかし、宗像は挑発に乗らず、ぴたりと同じだけ後ろに下がる。さらに追いすがる周防。宗像も合わせて距離を取るべく、飛び退る。

その瞬間、周防がフッと笑い、追いすがろうとした前傾姿勢から、ベクトルを真下に転化。振り上げた拳を、ドガッ、とアスファルトに叩き下ろした。

「力」を込めた一撃だ。轟音と共にアスファルトに放射状の亀裂が走る。さらには炎が地面に浸透し、次の瞬間、地下で爆発した。

凄まじい衝撃が走った。

バキバキバキッと路面が波打ち、辺り全体が地震のように揺れ動く。通り中のひび割れから、一斉に火の粉が噴きだした。

方々でビルのガラスが砕け、街路樹や街灯が傾き、看板が落下する。まさに飛び退った瞬間だった宗像は、不意を衝かれて着地のバランスを崩した——ところに、炎の穂を持つ剛槍《ごうそう》の如く、周防の蹴り足が突き出される。

体勢を崩しつつ、辛うじて鞘で受けた。受けた感触に悪寒が走る。折れる。宗像は反射的に周辺の空間を制御。鞘を斜めに構え直しながら、蹴りの衝撃を止めるのではなく、斜め後方に受け流す。だが、容易《たやす》いことではない。両手に伝わる手応えたるや、凄まじいものだ。鞘上を、滑り、駆け抜けていく「力」の奔りは、まるで急流を竿《さお》一本で逸らしているかのようだった。

荒々しく、瑞々しい「力」。

だが、言うまでもなく、やられっぱなしは宗像の流儀ではない。

宗像は、受け流す方向を微調整。流れのままに周防を引き込み、逆に自分は前に出る。むっ、と周防が気付いた直後、宗像は鞘を押し出し、その反動で身を捻った。

最小半径で鋭く回転し、サーベルの柄頭を叩き込む。周防はとっさに腕を曲げてガードしたが、小振りながら鋭い一打は、その衝撃をガード内に浸透させた。「っ!?」と周防の上半身が揺れる。

その隙に結界を一気に収縮。

高密度の「力」で全身を強化し、

ドスッ、
と足を踏み鳴らした。

足裏から立ち上る衝撃を、螺旋《らせん》状に体幹に伝え増幅。サーベルや腕を使う時間的、空間的余裕はない。肩まで衝撃が立ち上ったところで打撃に変えて、ショルダーアタック。中国武術にある「発勁《はっけい》」の技術である。ほぼ密着した状態だったにもかかわらず、炸裂《さくれつ》した途方もない打力は、一切の防御を許さず周防の身体を弾き飛ばした。

ゴフッ、と周防が咳《せ》き込む。ズザザッと音を鳴らして後退。辛うじて踏ん張ったが、直後、堪《たま》らずにくずおれ、片膝を突いた。

周防が纏っていた炎が、初めて火勢を弱めた。チャンスだ。この機に畳み掛けて意識を奪えば、赤の王という厄介な要素を状況から排除できる。そう判断したときには、宗像はすでに路面を蹴り、迫っていた。

狙うはあご先。ダメージの軽重ではなく、テコの原理で脳を揺さぶり、脳震盪《のうしんとう》を起こして身体機能を麻痺させる。そのために必要なのは、パワーではない。躊躇いのないスピードと、針の穴を通す正確さだ。が、まずは相手のガードを封じる必要がある。

宗像はサーベルを振り上げた。片膝を突いた周防を袈裟《けさ》斬《ぎ》りにする構え。ただし、これはフェイントだ。周防のガードを誘導し、その隙を衝く形でピンポイントであご先を打つ。このタイミングなら九割決まる。そう確信していた。

周防はガードしなかった。

ガッッ、と首筋に宗像の一刀が打ち込まれる。周防を包む炎が剣圧に切り裂かれ、鞘から放たれた青いオーラが周防の身体を貫通する。

まともに入った。

見誤ったか——すでにガードする余力もなかったかと意外に思った瞬間、引こうとしたサーベルががっちり固定されて動かなくなった。

一撃を受けた周防が、打ち込まれた鞘の先を手でつかんでいた。このためにあえて受けたのだ。

宗像は再び舌打ち。瞬時に意識を切り替え、周防の反撃に備える。

しかし、反撃は来なかった。

周防は鞘をつかんだまま、ゆっくりと立ち上がった。

「だから」

熱い——にもかかわらず底冷えのする視線が、至近距離から宗像を貫く。

「たるいんだよ」

爆発するように周防の全身から炎が噴き上がった。

目の前で荒れ狂う炎が、容赦なく肌を炙る。宗像は顔をしかめつつサーベルの柄を捻った。周防の手からサーベルをもぎ取り、大きく後方へと飛び退る。今度も周防の追撃は来ない。とすると、やはりそれなりにダメージは残っているのか。正直なところ、まるで理屈に合わない戦い方の周防に、勘が狂って仕方がなかった。

またしても、距離を空けて対峙する、宗像と周防。

ただ、

——不味いですね。これでは切りがない。

あらためて周りを見れば、二人がいるショッピング・ストリートは、災害に見舞われたような惨状を晒していた。周辺への損害はある程度計算のうちだったが、ここまで酷い被害を出すつもりはなかった。

何より口惜しいのは、これだけの被害を出しつつ、なんの成果も上げられていないという点だ。胸中に、苦い思いが充ちた。

——私のミスです。

青の王は「秩序」の番人。そして「秩序」が守られるべき理由とは、それが人々の生命や財産、安寧を保護するものだからだ。

多くの人々が日夜懸命に働き、営んで構築される社会。その社会を加護する力こそ、「秩序」に他ならない。すぐに脳裏を過るのは、平凡だが善良な、両親や兄だ。彼らのように、日々堅実に、誠実に生きる人々の生活が、紙切れの如く踏みにじられていいはずがない。いま目の前に広がっているような混沌《こんとん》とした無意味な破壊など、「秩序」の守護者たるべき青の王にしてみれば、耐えがたいことだった。

功を焦ったのかもしれない。鎮目町進出は避けられない課題だったとしても、さらに慎重に事を運ぶべきだった。宗像は自らの失策を認め、以後二度と同じ轍《てつ》を踏まぬよう自らを戒《いまし》めた。

そして……切り上げ時だ。そう判断せざるを得ない。

これ以上の戦闘は、周辺地域への被害が無視できなくなる。「秩序」の受けるダメージが、社会機能に深刻な影響を及ぼしてしまう可能性がある。

また、迦具都事件の二の舞——王権暴発《ダモクレス・ダウン》の危険性すら出て来かねない。王権暴発《ダモクレス・ダウン》に至るメカニズムは正確には解明されていないが、王権者による「力」の過剰行使が大きな要因になっていることは間違いないのだ。むろん、いますぐどうこうという話ではないにせよ、不要なリスクを冒すべきではなかった。

「…………」

それは、ほとんど生まれて初めて味わうかもしれない、砂を嚙むような苦々しさだった。敗北感。

経験不足のせいにはしたくないところだった。あくまでも自らの油断と想定の甘さが招いた結果である。

宗像は構えを解いてサーベルを下ろした。

眼鏡の位置を指で正し、一度ゆっくり深呼吸する。

「……いいでしょう」

と、努めて冷静に告げた。

「周防尊。私の負けです。これ以上の戦闘は、望むところではない。あの三人の身柄は、当面《吠舞羅》に預けましょう。今回はこれで引き上げさせて頂きます」

相手が相手だけに、忌々《いまいま》しさもひとしおだ。しかし、それは宗像個人の感情に過ぎない。いま考慮すべきことではなかった。

部隊の撤収と関係各所への報告。《非時院》にも連絡を取らねばならないだろう。書面上の矢俣の処理に加え、以後の《吠舞羅》への対応プランも練り直しが必要だ。始動したばかりの《セプター4》の指導者として、また新たに即位した青の王として、為すべきことは山ほどある。

……が。

またしても、笑い声がした。

今度のそれは怒りを通り越し、憎悪すら感じさせた。

「愉快な男だな、宗像……」

周防は笑いながら言った。宗像はピクリと眉を微動させる。

さらに有利な条件を引き出すべく、交渉を持ちかけるつもりだろうか。周防に王としての資質がないことは、すでに明らかだ。となると、この手の人物――ストリートギャングのトップを張るような男の狙いは、ある程度推測できた。面子か、金か。……案外、この手の男はある程度「餌」を与えて、欲望面から手懐《てなず》けるのが正解なのかもしれない。不本意だが有効な手段なら一考の余地はある。

宗像は笑う周防をにらみながら、そんなことを考えた。

しかし――

「ああ、まったく……こんなに頭にくる野郎は初めてだよ……」

違う。

直感的に悟った。周防の瞳の奥にあったのは、宗像が予想した類いのものとはまるで違っていた。だが、それがなんなのか、宗像にはわからない。

「負け？　引き上げる？　ハッ。いいぜ。好きにしろよ。……ただな？　俺も、好きにさせてもらうぜ」

言下に、周防の「力」が跳ね上がった。それも、爆発的に上がった。

宗像は目を剝いた。これまでの「力」の出し方とは、根本的に違っている。箍が外れたかのようだ。

宗像にはわかる。これこそ「王」の「本領」。「王」が持つ、真の「力」。

だが、これでは、《ダモクレスの剣》が出現する。しかも、周防はそのまま戦闘を継続するつもりだ。

それはもう、周防尊と宗像礼司の戦闘に留まらない。《ダモクレスの剣》は「王」の象徴であり、クランの旗である。それを掲げての戦いは、もはや「戦争」だ。つまり周防のやろうとしていることは、赤のクランによる、青のクランへの「宣戦布告」に等しい。

そして何より、迦具都の二の舞になりかねない。

宗像は半ば啞然としながら、

「なんの真似ですっ！」

周防はいまだ凶悪な笑みを浮かべたまま、口から火を吹くように応える。

「なんの真似？　そうだな。むかつく野郎をぶちのめそうってだけの話さ」

「正気ですかっ」

「なわけねえだろ」

言い放ち、周防が飛び込んで来た。

宗像は結界を展開すると同時に、周防目がけて「力」を放つ。自らと周防の間に「力」の結晶を何層も重ね、防壁として生成する。

足止めどころか時間稼ぎにすらならなかった。

宗像の張った防壁を、撥《は》ね除け、砕き、突き破って、瞬く間に周防が肉薄。まるで生きた火の玉だ。ふざけるなっ、と突き入れた鞘を、周防の左手ががっちりとつかんだ。骨まで軋む衝撃の筈《はず》だが、周防は笑みを絶やさない。

ぐいっ、と首を伸ばして噛みつかんばかりに宗像に迫り、牙を剝いて吐き捨てた。

「お前はまるで、わかってねえ」

次の瞬間、周防の姿が視界から消えた。身を沈めた――と理解するより早く、炎の拳が眼下から唸りを上げる。

アッパーカット。

「――このっ――!?」

宗像は全力で「力」を放ち、意地で周防を突き放した。同時に、突き上げる「力」に押し上げられ、爪先が地面から離れた。

ゴオッ、と気流が荒れ狂い、熱波が辺りを蹂躙する。

周防を包む猛火が咆哮し、通りの温度が急激に上昇。炎が生む上昇気流が、暴風のように吹き荒《すさ》んだ。

ぶつかり合う「力」の作用で、周防が背後に吹き飛ぶ。

そして、宗像もまた、為す術もなく宙を舞った。

†

離脱してなお伝わる王たちの「力」の余波は、淡島の血の気を引かせるのに十分な威力を持っていた。

さっきからの度重なる揺れも、自然のものとは思えない。王たちの戦場ではいま、どんな光景が広がっているのか。

「ふ、副長！　これは……!?」

「……立ち止まるな！　我々は与えられた任務に尽力すればいい！」

淡島は動揺する隊員を叱咤《しった》したが、彼女の胸中も千々に乱れていた。

破壊の「力」を持つという、赤の王。部隊が離脱する際に垣間見せた炎など、その一端に過ぎないのだろう。淡島は、宗像の「力」すら全容を知っているわけではない。二人の王が正面から激突した際、いったい何が起こるのか。

嫌でも脳裏を掠めるのは、国の地形を変えたクレーターだ。淡島はグッと奥歯を噛み締める。

――あまりにも想定外のことが重なりすぎている……。

まず、矢俣がすでに《吠舞羅》幹部に保護されていたこと自体、事前の情報と乖離していた。矢俣は《吠舞羅》内で独自のグループを作り、上層部には近づかないように――彼らの目をかいくぐって裏の活動をしていたはずなのだ。もちろん、幹部が矢俣の行状を見かねて接触する可能性はあったが、少なくとも淡島が宗像を屯所に呼び戻した時点では、そのような動きは確認できていなかった。仮に幹部が動いたのがこちらと同じタイミングだったとするなら、間が悪いにもほどがある。

また、チームのまとめ役と目される十束だけならともかく、日頃は組織運営などにはほとんど口出ししないはずの、赤の王――周防本人まで現場に出てくるとは、完全な見込み違いだ。なぜ今回、それも今日に限って、周防は重い腰を上げたのか。こちらの動きを察知したのだろうか？だが、どうやって？

しかも、そんな周防といきなり鉢合わせるなど、作戦にとっては途轍《とてつ》もない不運だ。さらにはそのまま交戦状態になり、周防の動きを封じる代わりに、宗像もまた動けなくなってしまった。初動からして計算違いも甚《はなは》だしい。

今回の作戦に臨み、淡島は宗像に対して、最後の決断を促した自覚がある。最終的に決定したのは宗像だとしても、忸怩《じくじ》たる思いは拭えなかった。

むろん、宗像のことは信頼している。彼なら――かの王ならば、どれほど困難な状況に置かれようと、常に冷静沈着に行動し、もっとも優れた選択をしてのけるだろう。彼を知る者に無条件でそう思わせるだけの器量が、宗像にはある。

――しかし……。

宗像が王であるように、周防もまた王なのだ。それは、能力の――Ｅｘ－Ａ《エクストラ・アルファ》個体としての「力」の強大さとは関係なく、何かしら常人とは「別格」の存在であることを意味するはず。

そんな王二人が衝突した結果など、自分如きに予想できるわけがない。

――いけない。冷静に。

宗像たちが戦っている戦場上空には、いまだ《ダモクレスの剣》が出現していない。これはつまり、宗像たちが「本気」ではない――最後の一線は守っている証拠だ。

いま自分に与えられている任務は、十束と共に逃亡している、矢俣とストレイン二名の確保。そもそも宗像は、淡島たちに任務を遂行させるために、単独で周防を押さえているのである。淡島たちが目的を達成すれば、その時点で王同士の戦闘も終結する。不安を晴らしたいなら、一刻も早く矢俣たちを発見すればいいのだ。

しかし現時点では、矢俣を発見したとの報告はもちろん、手掛かりになるような情報も届いていない。

淡島は指揮下にある部隊に手分けさせ、付近の捜索に当たっていた。だが、それでも圧倒的に手が足りない。赤の王の足止めで出足が遅れたこともあるが、それ以上に土地勘の差が大きかった。せめて付近の監視カメラに潜《もぐ》り込むことができればいいのだが、今回はそのための法的許可を取っていないし、技術的な準備も足りていない。とにかく、状況が想定外すぎるのだ。

また、

『淡島副長。《吹舞羅》メンバーと交戦中の第一、第二小隊からの報告。やはり混戦が続いており、すぐに戦場から離脱するのは難しいとのことです』

もれそうになる舌打ちを堪える。

「――わかった。ならせめて、敵の撃破ではなく、被害を最小限に抑えることを優先するよう伝えろ。特に、戦線の拡大はなんとしても回避するように」

インカムに伝わるのは、《セプター4》の指揮情報車からの通信だ。

第一小隊と第二小隊は、秋山と弁財の部隊だった。撃剣機動課の中でも特に優秀な部隊である。その二隊が遭遇戦に巻き込まれて身動きできないというのは、少しでも人手が欲しいこの状況ではかなりの痛手だ。

それに、通信網の不備も浮き彫りになっている。これまでの出動では常に宗像が自ら陣頭指揮を執ってきたため、指揮情報車を介した通信網の活用は――当然、訓練は積んでいるが――隊員たちも慣れていない。情報伝達や指揮系統が最適化されているとは言いがたかった。

組織としての経験の浅さ。それ故の未熟さが、逆境にあって次々に噴出している。

――不味いな。このままでは……。

こうしている間にも、逃亡している十束や交戦中の《吹舞羅》メンバーが、他のクランズマンたちに招集をかけているかもしれない。今回の作戦では、とにかく迅速さが求められていた。長引けば長引くほど、状況は厳しく、不利になる。そして、現状ですでに、そうなる兆候が、如実に出ている。

「……撤収すべきか……」

「副長？」

「なんでもない」

思わずこぼれた台詞に、淡島は頭を振る。我ながら情けない。副長の立場にありながら、いかに宗像に頼り切っていたか痛感する。

王権者を止められるのは、王権者のみ。となれば、王同士が戦うとき、残されたクランがどこまでできるかは、クランを指揮する者の力量次第だ。淡島は、己の立場の重要性を噛み締めた。

そうこうするうちに、横道に突き当たる。

「……石塚《いしづか》。お前はこのまま進め。私はこちらを捜索する」

同行していた隊員に指示を出し、二手に分かれた。もはや部隊運用も何もない状況だが、形式に拘っている場合ではない。とにかく矢俣たちを見つけ出さねば、どうにもならないのだ。

人気の失せた通りを、淡島は懸命に走った。

だが、そのときだった。

『淡島副長っ。第四小隊から報告。矢俣大智を発見し、現在追跡中とのことです！』

指揮情報車からの入電に、淡島は美貌を輝かせた。

「第四――道明寺《どうみょうじ》かっ」

第四小隊隊長の道明寺アンディは、撃剣機動課最年少――わずか十七歳の少年だ。前王羽張迅が組織した旧《セプター4》隊員を父に持ち、宗像が新王に就いた際、その父親から隊に預けられた。

——道明寺か。いいぞ。

道明寺は、単に若さ故という範疇に収まらない、破天荒な性格だ。その気まぐれな言動はおよそ組織行動には向いておらず、何かと問題の多い隊員でもある。一方で、父親に鍛えられた剣の腕前は部隊でもトップクラスであり、「力」を操るセンスも抜群だ。そしてまた、直接目の届く範囲の——言ってしまえば、気の合う学生グループといった規模の——チームを率いらせると、目の覚めるような成果を上げることが多い。特に後者を宗像に評価され、最年少ながら小隊長に任命されていた。

ただ、淡島が一番買っている道明寺の資質は、彼が「持っている」という点だ。良きにつけ悪しきにつけ、とにかく道明寺は「当たり」を引く確率が高い。運気と言ってもいいし星回りと呼んでもいいが、そうした資質というものは、訓練で手に入るものではない。道明寺のような人材は全体を指揮する者にとり、膠着《こうちゃく》を打ち破りたい局面において極めてありがたいものなのだ。

「矢俣以外はっ？　十束多々良もいるのか？」

『詳細は不明です！　ただ、報告にあったのは矢俣のみでした！』

「わかった。すぐに道明寺の現在地を送れ。可能な者は直ちに現場に向かい、最優先で矢俣の身柄を確保！」

いま矢俣を押さえられれば、まだ間に合う。逆に、この機を逃せば泥沼だ。

着信の合図と共に、タンマツに位置データが送られてきた。一瞥《いちべつ》して、よしっ、と頷く。そう遠い場所ではない。

「急げっ。逃がすな！」

インカム越しに檄《げき》を飛ばし、淡島は自らも道明寺の元を目指して駆け出した。

その直後、背後でゴオオッと暴風が吹き荒れる音が響いた。

とっさに振り向けば、立ち並ぶビルの高さを越えて、大きく噴き上がる炎の柱が見えた。思わず息を呑む。赤の王に違いない。

強大な「力」の、無軌道な行使。徒《いたずら》に拡大する破壊と荒廃。それは、完成された「秩序」の美を奉ずる《セプター4》にとって、許しがたい光景だ。

——おのれ……っ。

急がねば。そう思って再び駆け出そうとしたときだった。

頭上で、青い光が輝いた。

「え？」

空を見上げて、目を瞠る。ビルの高さを掠めるようにして、青い流れ星が横切った。大小の輝く青い結晶体が、盛大に撒《ま》き散らされ、螺旋状に渦巻いている。

その先端にいたのは、青い制服に身を包み、青いオーラを纏った青年だ。

空一面に幾何学的な結界が張られたかと思うと、青年は空中で鮮やかに身を捻る。衝突しそうだったビル屋上の巨大な看板に、スタッ、と横向きに着地。そのまま、今度はビルの外壁を滑るようにして、地面へと落下する。

制服の裾を翻しながら、事も無げに路面に降り立った。

宗像だ。

淡島は突然のことに、二の句が継げなかった。それから我に返り、慌てて駆け寄ろうとしたが

——

ガンッ、

と宗像が振り向きもしないまま、左の拳を背後の壁に叩きつけた。

「なんなのだっ、あの男は!?」

淡島はその瞬間、自らの任務も立場も、いま置かれている状況も忘れて、ごく普通の女子大生さながらに、目を丸くし、唇をぽかんと開けた。

だが、それも無理はないだろう。実際、淡島世理が激昂する宗像礼司の姿を見るのは、後にも先にも、このとき一度きりだった。

二人の間に、沈黙が横たわる。

しばらくして、

「……室長?」

と淡島が宗像に声をかける。

それは、組織のトップに呼びかける副官の口調でもなければ、敬愛する王に話しかける臣下の声音でもない。あえて喩《たと》えるなら、思いもよらず子供のような癇癪《かんしゃく》を見せたクラスの男子に、戸惑いつつも女性ならではの大人びたバランス感覚で声をかける女子——と言ったところだろうか。

宗像は拳を解き、ゆっくりと腕を下ろした。

「……失礼。取り乱しました」

と、静かに眼鏡の位置を直し、鞘に収まったままのサーベルを腰に着け直した。応えた声や物腰は、もう完全に普段の宗像に戻っている。泰然とした態度だ。

……いや。

わずかに違和感が残っていた。表面上は完璧に取り繕《つくろ》われているが、その内側にある憤激が、装った礼節の下から伝わってくる。

完璧だった「王」の綻び……とは感じなかった。そうではなく、まるで硬く鎧われていた蛹が、いままさに羽化するような……。

「淡島君。そちらの状況は？」

「…………」

「淡島君？」

「あ、はっ、はい！　つい先ほど、矢俣大智を発見したとの報告がありました！　現在、第四小隊が追跡中。他の隊員も現場に急行しています。ただし、第一、第二小隊は、《吠舞羅》メンバーと遭遇し交戦。こちらは混戦の模様です！」

慌てて姿勢を正し、状況を報告する。宗像は厳しい面持ちで頷いた。

「よろしい。では、私もそちらに参ります。矢俣大智を拘束したのち、第一、第二小隊を回収して撤収。早々に幕を引きましょう」

「……あの」

尋ねて良いのかわからなかったが、確認しないわけにはいかなかった。

あるいは怒鳴られることも覚悟したが、宗像はもはや、わずかたりとも崩れなかった。

「赤の──周防尊は？」

氷塊の如く冷徹な眼差しを向け、

「作戦に変更はありません。撃剣機動課はこれまで通り、矢俣大智の確保に集中して下さい。あの男は、私が、押さえます」

†

彼方で立ち上る炎の柱に、草薙は舌打ちを禁じ得なかった。

むろん、周防だろう。周防に決まっている。さっきから度々、離れたこの場所にまで、荒ぶる「力」の波動が伝わって来ていた。つまりは、周防が戦っている──それも、いまなお戦い続けているという証拠である。

問題は、相手だ。

――頼むで、尊ぉ～。

どうか「そこ」だけは違っていてくれ。そう願いつつ、それが虚しい祈りだろうことは、草薙にもわかっていた。何しろ、当の草薙からして、目の前の《セプター4》と衝突しているのだ。そもそも、周防と戦闘ができる――いまなお戦闘し続けることが可能な相手など、数えるほども存在しない。

「うおおおおっ！　尊さんスゲェー！」

激戦の真っ直中にありながら、天を突く火柱を見て、八田が歓喜の雄叫びを上げる。伏見がすかさずカバーに回っていたが、《セプター4》の隊員たちも、空を見上げて息を呑んでいた。

――クソッ。いったい何がどうなっとんのや。

周防が「力」を振るい始めたのは、草薙たちが《セプター4》との戦闘を再開した直後からだ。草薙にすれば目の前の戦闘は、新生《セプター4》の実力を見ておくという程度の軽い目論見でしかない。周防が戦い出したとわかったからには、すぐにそちらに駆けつけ、状況を見定めようと方針を変更した。

ところが、この目の前の部隊が、なかなかに手強《てごわ》い。

もちろん、八田と伏見が思いの外ヒートアップしており、引くに引けない局面が続いているという面もある。しかしそれ以上に、敵部隊が粘り強く老練なのだ。

個人個人の戦闘力では、八田と伏見が他を圧倒している。向こうの隊長らしき二名の力量は二人に迫るものがあるようだが、それでも両者の間には、はっきりと「力」の差があった。

にもかかわらず、《セプター4》は部隊としての巧みな動きで、八田と伏見の戦闘力を封殺しているのである。

焦らず、休まず、一定のアベレージを確保し続ける。それは、横から見ていて思わず舌を巻きそうな、見事な「団体戦」といえた。このような戦い方は、個々のメンバーの個性が強い《吠舞羅》では、まず不可能な芸当だ。

とはいえ、ここに草薙が参戦すれば、あっという間に戦況をひっくり返せるのは間違いない。草薙は《吠舞羅》のナンバー2。それは何も参謀格だからというだけではなく、周防に次ぐ強い「力」を有しているからに他ならない。

しかも、最初に飛ばした複数の火球のように、草薙の「力」は広域、遠隔《えんかく》で作用させられる。ここに八田と伏見の卓越した近接戦闘力が加われば、この手強い部隊を打破することは、決して不可能ではない。それどころか、その気になれば「一蹴」してしまうこともできるだろう。

だが、それはそれで不味い。

というのも、そこまで本気でやり合ったのでは、言い訳の利かない本当の「戦闘行為」になってしまうからだ。草薙としては、現段階で青のクランと全面戦争になるような危険は冒したくないのである。

もちろん、大将自ら戦っているのに、何をいまさら——と我ながら思わぬでもない。だが、草薙が警戒しているのは、《セプター4》以上に、黄金の王だった。國常路大覚と彼のクラン《非時院》は、冗談抜きで国を牛耳る組織である。そしてまた、彼はクラン間の規律を定める、一二《ヒトフタ》〇《マル》協定の盟主でもある。この際、周防は「ああ」だから仕方ないとしても、「赤のクランの総意として《セプター4》との戦端を開いた」と取られかねない真似は、どうしてもしたくなかった。黄金の王に対しても、後々堂々と申し開きできる「余地」は残しておかねばならない。

従って、「これ」はあくまでも「喧嘩」の範疇に留めておきたいのだった。間違っても「戦死者」が出るような事態は避けねばならないのである。

ならば、初手のように再び手加減して戦えばよさそうなものだが、そうしようとすると今度は、八田と伏見ののめり込み具合が問題になってくる。特に八田だ。いい加減消耗しているはずなのだが、周防が戦い出したことに気付いてからというもの、《吠舞羅》に土を付けるわけにはいかないとばかりに一層奮起し、奮闘している。してしまっている。だから草薙も、万が一にも「不幸な事故」を起こさぬよう、慎重な援護しかできずにいるのだった。

「ああもうほんま、なんでこんな、面倒なことに……」

仕掛けて来たのは《セプター4》。自分たちはいま、どの程度青の王の術中に嵌《は》まっているのだろうか。ただ、もし、万が一、あくまで仮定の話として、いま周防と戦っているのが青の王その人だとすれば、現在展開されているこの状況が、彼の望んだ形だとは考えづらい。むろん、何か裏の目的があるのかもしれないが、だとしてもリスクが大きすぎるはずだ。

なら——

まさかこれは、「誰一人望んでいない」状況なのではないだろうか。そして、少しでも歴史を紐《ひも》解けばわかるが、戦争というものの多くは——事前に十分な下地があったにせよ——突発的な不幸から始まり、ズルズルと際限なく拡大していくものなのである。誰一人、望まないままに。

「くそっ。冗談やあらへんで」

いくらなんでも悪い方に考えすぎだ。そう自分に言い聞かせてみても、悪い予感は一向に去らない。そしてさらに悪いことに、そこまで考えながら、先に退く気は微塵もない自分がいる。

そう。

これは「喧嘩」だ。売られた「喧嘩」だ。最終的な落としどころは探らねばならないし、多少の妥協を拒むつもりもなかったが、喧嘩を売られた以上、買うのは当然と考える自分がいる。

……いや、考える以前に決定している自分がいる。いますぐ諸手《もろて》を挙げて降伏なり撤退をすれば最悪の事態は回避できると承知しながら、それは呑めない自分がいるのだ。

どれだけ理性的だろうと、また慎重に行動する主義だとしても、草薙とて《吠舞羅》——周防のクランズマンなのである。

まったくもって、度しがたい。

「……しゃあないな」

これ以上消耗戦を続けては、たとえこの場を乗り切ったとしても、以後の状況に対応できなくなる。強引にでも片付けるしかない。

草薙は表情を引き締め、冷徹な眼差しで戦場を見据えた。慎重に「力」をコントロールし、ターゲットを絞り込む。

ところが、

「草薙さん！」

攻撃に移る寸前、聞こえてきた声に、草薙は蹈鞴を踏んだ。

十束だ。見れば、必死の形相でこちらに駆け寄ってくる。しかも、後ろには見知らぬ少年を二人も引き連れている。

草薙は一瞥するなり、うんざりして顔をしかめた。離れていてもわかる。厄介事のにおいが、ぷんぷんと漂っていた。まるで、「凶報」とでかでかと書かれた看板を、高々と掲げているかのようだ。

「十束！　お前、矢俣はどないしたっ？　てか、なんで知らんガキ、二人も連れとるねん⁉」

「この二人は矢俣の関係者！　あいつを追ってたときに、キングが連れてきて——」

「ハッ？　……ああ、いや、せやから、肝心の矢俣は？」

「はぐれちゃった！」

「ハアッ？」

全力疾走してきたのだろう。十束は草薙の側に辿り着くと、座り込みそうな勢いで大きく喘《あえ》いでいた。

伏見が気付いて「十束さん」ともらし、八田も振り返り顔を輝かせる。苦戦を続ける青服たちも、ぎょっとする様子を見せた。この上さらに《吠舞羅》の援軍が駆けつけたと思ったのだろう。

もっとも、十束は戦力としては微々たるものだし、何よりいまの草薙にすれば、援軍どころの話ではない。

「それより大変なんだよ、聞いてよ、草薙さんっ！」

「ぐっ。聞きたない……！　十束。一万円やるから、どうか尊の阿呆が青の王とバトっとるなんて無体なこと言わんといてくれ！」

「草薙さんにしては破格のお願いだけど、残念ながらその通りだよ！　しかも、いまだかつてないぐらい、頭に血が上っちゃってるよ！」

「ぐああ、マジか。やっぱりか。いや、けど、《ダモクレスの剣》はまだ出とらん。あの阿呆も最低限の節度は守っとるということでは――」

「時間の問題だと思う」

「そこは嘘でも気休め言わんかい」

どこか漫才めいてしまうのは緊張感の裏返しに――きっと――違いない。

十束の説明では、周防は十束たちと合流したあと、青の王と鉢合わせしたらしい。青の王の要求を蹴って、矢俣の引き渡しを拒否。そのまま戦闘に雪崩れ込んだのだそうだ。概《おおむ》ね草薙が抱いていた悪い想像の通りだった。

「つまり、尊はまだ戦っとる最中で、《セプター4》の他の部隊は、はぐれた矢俣を追っとるいうことか」

「キングはみんなにも招集かけろって」

「阿呆。そんなん、全面戦争まっしぐらやないか」

「でも草薙さん。正直いまは、些細なことだよ」

十束の言い様に、草薙は絶句する。台詞もそうだが、その真剣で深刻な表情が、草薙の舌の動きを止めた。

「いまはとにかく、キングだ。止めないと、本当に不味い」

十束が断言したときだ。

まるで十束の言葉を証明するかのように、彼方の空に赤いオーラが、光の柱となって迸った。

意識するより先に、草薙たちの視線が吸い寄せられる。光は猛々しく、また神々しく屹立したあと、大気に溶けるように拡散した。

そして——

光の拡散したあと、夕闇に暮れゆく空に、巨大なひと振りの剣が顕現する。

これだけ離れていても、その巨大さ、秘めたる強力さは伝わって来た。同時に、自分たちの内側に宿る「力」が、ドクンと共鳴するように脈動するのがわかった。

《ダモクレスの剣》。

あそこに聳《そび》えているのは、単なる剣状のエネルギー体ではない。

あれは、周防の意思だ。

決してゆるがせにすることのできない、戦いの意思。

また、己の意思を天空に示したのは、周防だけではなかった。

夕空に浮かぶ《ダモクレスの剣》のすぐ側に、今度は青い光の柱が立つ。美しく涼やかな光のあとに、もうひと振りの王剣が現れた。

周防のそれと似通っているが、より優美であり、色が違う。

青い《ダモクレスの剣》。

赤と青、ふた振りの剣が、鞘から抜かれ、空に放たれた。

「……っ⁉」

草薙は《ダモクレスの剣》から目を離せないまま、唇を噛み締めた。消耗戦と化していた戦闘が途絶え、誰もが――八田ですら――空を見上げて固まっている。

「不味いよ……」

十束が血の気の失せた顔でもらした。草薙も気持ちは同じだ。

不意に、いつかの夜、『ＨＯＭＲＡ』でミーティングになったとき、周防が最後に口にした台詞が甦《よみがえ》った。

そのときは、そのときだ――と。

あのとき周防が言った、「そのとき」が来たのだろうか。青の王、青のクランとの、全面戦争。同じ場所に居合わせた二人の王は、共に戦いの意思を示した。もはや回避することは不可能だろう。

――だとしても、や……！

二王が剣を交えたとしても、まだ、破滅が確定したわけではない。

《ダモクレスの剣》を現出させての戦闘行為など、これまでにも何度もあった。王同士、というのは初めてだが、戦えばすぐに王権暴発《ダモクレス・ダウン》が起こるわけでもないはずだ。

問題は二人がど、こ、ま、で、行くか。

だが、ここまで来たら、もう自分たちの力でどうこうできる話ではない。あとは、自らの王を――周防尊を信じるのみだ。

草薙は、覚悟を決めた。

「十束。メンバーを招集。ただし戦闘は禁止や。これからどう転ぶかわからんけど、あの阿呆信じて、待機するで」

†

初めて「彼ら」を見たのは、まだ学校に通っていたころだ。

不良グループに目を付けられ、たった一人、必死に抗っていたころだった。幾度も心をひねり潰され、死のうと思ったことも何回かあった。居場所もなく、人目を避けるように、街の片隅を歩いていた。そんなときだ。彷徨っていた鎮目町の街角で、「彼ら」の姿を偶然目にした。

楽しげに、誇らしげに。

己になんのやましさもなく、悠然と肩で風を切り、街を征《ゆ》く男たち。

「彼ら」は何をするでなくとも、周りの者たちからの注目を浴びていた。あるいは忌避であり、恐怖や嫌悪であったかもしれないが、少なくとも「彼ら」を疎かにする者は、ただの一人もいなかった。街の誰もが「彼ら」を認め、「彼ら」もまた当然のように胸を張って闊歩《かっぽ》していた。

ただ見ているだけで身体が震えた。

同じ空間で息をしているとは思えない。自分とはまるで違う、目映い人生がそこにはあった。

あのとき胸に刻まれた思いこそ、憧憬というものなのだろう。

「彼ら」が《吠舞羅》と呼ばれるグループであることを知ったのは、街で偶然「彼ら」を見かけて、しばらく経ったころだった。「彼ら」の評判は都市伝説のように様々で、校内でいきがっている連中は、半信半疑か、頭から否定していた。頭のおかしい道化集団だとバカにする者もいた。一方で、街の不良やヤクザ崩れは、迂闊にその名を口にしなかった。いわゆるヤバい者ほど、はっきりとした恐怖、あるいは畏怖をのぞかせた。俄《にわか》には信じがたい噂の数々と、街に根付くリアルな伝説。夢中になって情報を掻き集め、その姿を求めて街を彷徨った。

気がつくと、「彼ら」の列に交じり、共に街を征く自分の姿を、夢想するようになっていた。己の力と才覚のみで、街に生きる自由を切り開いた男たち。「彼ら」と肩を並べ、軽口を叩き合う自分。その想像は、辛い毎日を生き抜く糧となり、暗い将来に向かう灯火となった。

だから。

あの美しい炎を自らの手に宿したとき、自分はついに手に入れたと思った。

新しい世界。新しい人生。

強く誇らしい、新しい自分を。

けれど――

――『《吠舞羅》であることに意味があるんじゃねえんだ。そいつらに意味があるんだ』

目指した場所、憧れた世界は、間違ってはいなかった。

だとすれば、自分はいつ、違う方向に向かってしまったのだろう。どうして異なる道に、足を踏み入れてしまったのだろうか。

†

「あっ！　見つけたぞ！」

その叫び声を聞いた瞬間、矢俣大智は我を失った。

頭の中はとっくにぐちゃぐちゃだ。あっちで殴られ、こっちで揺さぶられ、ついてきてと言われた十束の背中を、ただ無心で追いかけていた。そして、見つけた、という声が響いた瞬間、夢中で声から逃げ出した。

気がつけば一人になっていた。そして、あの声はまだ、自分を追いかけていた。

「クソッ！　いい加減、しつこいぞ、お前！　観念しろよ！」

追っているのは青服――《セプター4》の隊員だ。自分より若い、高校生のような隊員だった。

インカムで他の隊員と連絡を取り合っているらしく、危うく挟み撃ちにされかけた場面もあった。ただ、この辺りの地理には明るくないようで、危なくなる度に隠れてやり過ごし、なんとか彼らの手から逃れることができた。

ただ、最初に見つかった若い隊員だけは別だった。

身を隠し、幾度も路地に飛び込んでみても、すぐに嗅ぎつけ追跡して来る。恐ろしく勘が鋭かった。身体能力も明らかに自分を上回っている。「力」にしてもそうだ。おそらく自分より強い。だから矢俣は、ただひたすら逃げ続けている。

「おいっ！　諦めろって！　逃げ切れるわけねえだろ？　見苦しいぞ！」

全力疾走の矢俣にピタリと張り付いて来ながらも、息切れする様子はもちろん、叫び声には苦しげな気配もない。対して、自分はとっくに限界だ。息は乱れ、心臓は鳴り止まず、足の筋肉は引きつる寸前。同じクランズマンだというのに、惨めなほどの差があった。

――『どれだけ他人の血で砂を固めたところで、崩れるときは一瞬だ』

さっきの周防の言葉が、頭の中で厳然と響く。皮肉な自嘲がわんわんと反響する。

自分はまたしても、踏みにじられるのだ。惨めに、情けなく、なんの価値もない、虫けらのように。

「……ちくしょう……っ」

嫌だ。

そんなのはもうゴメンだ。自分は「力」を手に入れたのだ。昔の自分とは違うのだ。

奥歯を噛み締め、必死に疾走する。気がつくと、開けた場所に出た。片道三車線が交わる、広々とした交差点。《セプター4》が付近を封鎖しているのか、走る車輌はなく、一見した限りでは無人だった。

背後で、「よっしゃ！」と青服が気合を入れた。ここなら周りを気にせずに「力」を使える。攻撃して足止めする気だ。矢俣が泣こうが喚こうが気にせずに。矢俣の意思など無関係に。ごく作業的に、当たり前のように、荷物でも扱うようにして、捕縛し、連行するつもりなのだ。

石ころのように踏みにじる気だ。

「……ちくしょう……！」

それは。

それだけは。

——許せるかよっ⁉

立ち止まり、背後を振り返った。憤激を「力」に変えて、一気に炎を燃やした。

追ってきた若い青服が、意表を衝かれてぎょっとする。そうだ。自分は物ではない。誰かの都合に合わせて好き勝手に動かされるような、ただの物体ではない。意思があるのだ。心を持っているのである。

たとえ敵《かな》わないのだとしても、矢俣大智の中で燃える「火」を、物のように扱わせはしない。

「くそったれぇぇっ！」

全力で炎を放射した。青服は慌てて、横に飛んだ。

だが、回避しながら、

「よっ」

と、抜刀済みのサーベルを振り抜く。

青いオーラが華麗に閃き、矢俣の炎を一刀のもとに切り裂いた。矢俣の全力の一撃は、蠅《はえ》でも払うように散らされた。

青服はスタッと車道に着地すると、ニヤリと笑いながらサーベルの切っ先を向ける。

「ようやく腹くくったか。いいぜ？　かかって来いよ」

真っ直ぐに矢俣の目を見つめ、若い青服は楽しげに言った。矢俣は、ぜえ、はあ、と肩で息をし、返事をすることもできなかった。

しかし、胸の奥にはほんの小さな、満足感が芽生えていた。

自分より格上のクランズマンは、いま、しっかりと自分を見ている。自分の存在を認め、戦おうとしている。

「……ハッ……」

周防は、自尊心《プライド》と言った。

他人に踏みにじられないことが、そういうことなのだと思っていた。

違うのだ。

他人に踏みにじられてなお折れないことこそが、本当の自尊心なのだ。

さっきの一撃で、「力」はほとんど使い尽くした。それでも矢俣は気力を振り絞り、ボッ、と己の拳に炎を纏わせた。

勝てるわけがない。だが、それがどうした。結果は変わらない。だが、結果の受け取り方は異なる。

——やってやる。

矢俣は精一杯の雄叫びを上げ、《セプター4》に殴りかかった。若い青服の顔に、拍子抜けしたような表情が浮かぶ。

青服はサーベルを青い光で包むと、矢俣の拳を正面から受け止めた。

そして、「力」と勢いを完全に受け切ってから、足払いを掛けて矢俣をアスファルトに転がした。

擦《す》り傷に塗れながら、矢俣が「ガハッ⁉」と仰向けに横たわる。その鼻先に、サーベルの切っ先が突きつけられた。

斜陽が刀身を滑り、血のような輝きを映した。

「チェックメイト。……なんだ。赤のクランは強敵だって聞いてたけど、しつこいだけで、そうでもなかったな」

年下の青服の言葉には、邪気や蔑《さげす》みは含まれていなかった。

しかし、矢俣の中についさっき芽生えたちっぽけな満足感は、何気ないその台詞を聞き逃すことができなかった。

独りでに手が伸びる。

がしっ、と突きつけられたサーベルの切っ先を握る。

もちろん素手だ。もう炎すら纏っていない。手のひらが切れて血が滴り、焼けるような痛みが伝わって来た。あまりの痛みに、涙さえ出た。しかし、矢俣は痛みを怒りに焼《く》べて、己の火をさらに燃やした。

「あっ、おい！」

と驚く青服に笑いかけ、さらに強く拳を握り締める。

「……そうそう……しつこいんだよ、俺は……」

青服がサーベルを引き抜こうとして躊躇した。いま強引に引き抜けば、指が切断される。そこまでの損傷を与えることへの躊躇だ。

「バカっ。離せよ。意味ないだろ！」

「うるせえ、バカ……嫌なら、抜けよ……」

意地になって拳に力を込める。下らない。青服の言う通り、なんの意味もない。

しかも、青服は冷めた顔になると、再び刀身に青い光を宿した。すると、内側から押されるように、つかんでいた手が弾かれた。

サーベルを「力」の結晶体がバリアのように囲んでいる。もう触れることもできない。

──まあ、そうだよな。

敵う相手ではない。

それでもまだ、できることはある。

たとえば、立ち上がることならどうだ。矢俣は呻き、身体を捻った。仰向けの状態から俯《うつぶ》せに。

そのまま、全身に力を入れ、歯を食いしばって、身体を起こす。

なぜか妨害が入らなかった。見ると、青服はサーベルを肩に担ぐようにしながら、じっとこちらを見つめている。その視線にも、やはり邪気や蔑みの類いはなかった。矢俣が立ち上がるのを、ただ待ってくれている。

——……ケッ。変なやつ。

矢俣は我知らず太々しい笑みを浮かべて、よろよろと立ち上がった。

青服はひとつ頷くと、もう一度サーベルを構え直した。

そこに、

「いたぞ！　こっちだ！」

さっき矢俣たちがやって来た道から、新たな《セプター4》の隊員数人が姿を見せた。それぞれサーベルを手に、矢俣に殺到する。「あ、待て！」と目の前の若い青服が言ったが、隊員たちは矢俣以外、ろくに視界に入らない。

矢俣は喘ぎ、それから肺一杯に息を吸った。

自分はこれから踏みにじられる。

それでもなお残るものが自尊心だというなら、もう自分は恐れない。そして、踏みにじられてなお「残す」ために、最後の瞬間まで、前を向き続ける。

「うおおおっ！」

その瞬間、矢俣の視界が赤く染まった。

涸れ果てていたはずの「力」が、突如として噴き出した。まるで間歇泉《かんけつせん》が蒸気を噴出するように、見る見るうちに「力」が充ちていく。矢俣は唖然として炎を纏った。これまでに感じたことのない、瑞々しい「力」だった。

気がつくと、駆け寄ろうとしていた隊員たちが残らず足を止め、側にいた若い青服が、一瞬で大きく後退していた。そして、矢俣を包むように、辺り一面、巨大な空間に、赤いオーラが充ちていた。

聖域《サンクトゥム》。

クランズマンの「力」を引き上げる、王の領土だ。弾かれたように頭上を見上げれば、己の国土を示す旗の如く、巨大な赤い剣が天空に掲げられている。

そして――

人気のない車道の中央を堂々と歩き、美しくも猛々しい炎を引き連れて、赤の王が交差点に近づいてきた。

何ものにも支配されず。

ただ己の意思のままに。

――……ああ。

いつの日か見た光景が、まざまざと脳裏に甦る。

あっという間に視界が滲んだ。長く失われていた目映いばかりの憧憬が、この世のあらゆる炎よりも強く、矢俣の胸の奥を焦がした。

あの側にいられるような、そんな男になりたかった。

いまからでも間に合うだろうか。自分はやり直せるのだろうか。

矢俣は涙に滲む瞳で、憧憬の対象たる、気高い王を静かに見つめる。

周防は矢俣を一瞥すると、

「決めたか？」

それは、矢俣の身の振り方――「けり」の付け方に対する問いかけだった。矢俣は頷いた。周防は「そうか」と応じた。

「なら、細かいことはあとだ。引っ込んでろ」

そう言って、矢俣の側を通り過ぎ、なお真っ直ぐに車道を進む。街を征く。

振り向けば、反対側の車道の先からも、人影が近づいていた。ぶるり、と武者震《むしゃぶる》いにも似た、神聖な震えが身体に走った。

青の王。

あの若い青服が、「室長！」と子供みたいに得意げに歓声を上げた。王の斜め後ろには、さっき見た女性隊員の姿もある。

青の王は周防と同じ泰然とした足取りで、広い交差点に入ってきた。

眼鏡の奥の双眸は不純物のない高密度の氷塊のようで、その視線は真っ直ぐに周防に固定されている。そして、もはや言葉を交わす素振りもないままに、青い光が爆発。青の王を中心に、青いオーラが広がった。

オーラはきらきらと舞い踊りながら、上空へと伸び上がる。そして、周防の剣の傍らに集まり、圧縮して「形」を成した。

周防の剣に勝《まさ》るとも劣《おと》らない、神々《こうごう》しい、巨大な剣。

青い《ダモクレスの剣》。

ふた振りの王の剣が、交差点上空に並び立った。

矢倶は——彼だけでなく、その場にいたすべての臣下たちは、等しく息を呑み、自らの王を見つめた。

息をするのも苦しいほど、場の空気が重く張り詰める。二つの聖域《サンクトゥム》がせめぎ合い、ミシミシと空間が軋む。

超常の力を有する、若き二王が対峙する。

まるで神話の光景だ。

「——最後です」

青の王が宣告した。

「周防尊。矛《ほこ》を収めなさい」

「——悪くねえ面だ」

赤の王が応えて言った。

「抜け。宗像」

青の王はそれ以上、眉ひと筋たりとも表情を動かさなかった。

ただ淡々と、朗々と、

「我ら《セプター４》、佩剣者《はいけんしゃ》たるの責務を遂行す。聖域に乱在るを許さず、塵界《じんかい》に暴在るを許さず。剣をもって剣を制す。我らが大儀に曇りなし」

そして、王はおもむろに腰間《ようかん》に手をやり、宣言と共に刃を抜いた。

「宗像、抜刀」

9

交差点の中央から、クランズマンたちが次々に離れ始めた。それが王の意思だからでもあるが、それ以上に、王の発する英気に押し出されたのだ。聖域《サンクトゥム》を展開した王たちの存在感は、物理的と言っていいような圧力を備えていた。およそ余人の立ち入る空隙はなかった。

互いに歩み寄った二人の王は、広い交差点の中心で向かい合う。

燃え盛る炎を背負う周防。

鋭利な刃を携《たずさ》える宗像。

周防がニヤリと笑う。

「堕ちたら、どうする？」

宗像が冷たく吐き捨てる。

「堕としませんよ。私の剣も。あなたの剣も」

「俺の方も、管理してくれるってか？」

「早々に戦闘不能な状態にすればいい。まあ、手足の一、二本も斬り飛ばせば足りるでしょう」

「豪気《ごうき》だな。疼くぜ」

「病気ですね。度しがたい」

赤い炎と青い結晶体群が、広い空間を埋め尽くそうとしていた。炎の視線と氷の視線が、ぶつかり、絡まり、火花を飛ばした。

それぞれの「力」が、拮抗《きっこう》し——弾ける。

周防の打撃と宗像の斬撃は、完全に同じタイミングだった。激突の余波が津波のように拡散し、一合目にして路面が崩壊した。

吹き荒れる「力」の乱流に、クランズマン数名が抵抗できずに吹き飛ばされる。が、二人の視界に入るのは、もはやお互いだけだった。全神経を集中して、相手の動き——意図を、読み解こうとしていた。

宗像が切っ先を返す。周防が肘《ひじ》で跳ね上げる。周防が左のフック。宗像が頭を下げ、しかし視線は逸らさない。

斬る。蹴る。薙ぐ。殴る。赤々と燃える炎が翻り、青々と冷める結界が煌めいた。

「なぜですっ？」

叫んだとき、宗像は自分が声を出したことを、意識すらしていなかったはずだ。

「王として選ばれながら、なぜその使命を全うしない！」

「知ったことか！」

高々と周防は咆えた。

「クソくだらねえ使命なんかに、何かを決められてたまるかよ！」

「力を得た者には、それを正しく行使する責任が生じるはずだ！」

「ハッ！　なんのための責任だ！　どこのどいつが、望んでるんだ！」

「世の不幸に押し潰される者だっ。理不尽に乱される善良な人々だ！」

「代表気取りかっ？　笑わせんな！」

「周防！　あなたの傲慢は、強者の驕りです！」

「強いかどうかは、自分が決めることだ！　他人に左右されるもんじゃねえ！」

「理解できませんねっ。やはり、言うだけ無駄ですか！」

「言ったろ！　テメエの物差ししかねえやつは、どれだけお利口でも、バカなんだよ、宗像！」

ドガッ、と二人がぶつかった。ぎらつく眼差しが、互いを貫いた。

周防の出力が上がる。宗像が対抗する。周防の出力がさらに上がる。宗像はそれでも揺るがない。周防の出力がもう一段階上がる。いったいどこからと疑いたくなる莫大《ばくだい》な「力」の奔流が、周防の底から轟々と湧きだし、襲いかかる。それでも、宗像は一歩も引かない。もはや小細工を弄することなく、真正面から受け止め、逆にねじ伏せんとする。「力」が嵐のように吹き荒れる中、二人は瞬《まばた》きひとつしない。

互いにぶつけ合う「力」が、密集し、圧縮され、凝縮して、
爆発。

軛《くびき》から外れた「力」が、無秩序な破壊を撒き散らした。爆風がブレイクダンスを踊る中、すでに周防と宗像は、次の攻撃のため、互いのポジションを奪い合っていた。

サーベルが神速で一閃する。胸もとを掠めながら、周防が避け、次いで迫る。

猛火のストレートが、宗像の襟元《えりもと》を焼く。青い結界が、赤の王を押しのける。

気がつくと周防は笑っていた。

目も眩まんばかりの解放感だった。

心が軽い。魂が躍る。全身が心ゆくまで燃え上がり、灼熱し、身内の「力」が雄叫びを上げていた。あれほど己を悩ませ苦しめた、形のない苛立ちが跡形もなく吹き飛んでいる。身が竦むほどの怒りが——快感が、全神経を痺れさせる。

宗像もまた牙を剝いていた。

いまだかつてない、強大な手応えがあった。

細胞のひとつひとつが全力を振り絞り、生まれて初めて対面する難題を、喜々として、鬼気迫って、解体しようとしていた。自らの制御を半ば手放しながら、自らが理想とする方向に疾駆している。想像もしなかった勢いで、己の真実が形を成していく。

斜め上から斬り下ろした一刀を、燃えたぎる炎が受け止めた。ゴオッと風を捲《ま》いて大地から迫る蹴り足を、ヒュッと閃く刀身が、勢いを削ぎ落とし、空転させる。

周防が腕を交差し、炎を捲きながら、突進。押された宗像がアスファルトに尾を曳《ひ》いて、交差点を突っ切り、ビルに激突する。舞い上がる粉塵の中、鋼の銀光が氷柱と化して炎を裂く。ビュッ、と飛び散る血飛沫《ちしぶき》が、瞬時にして灼熱に蒸発する。

殴る。入った。直後に熱。肉を斬る。

やり返す。衝撃。耐える。また返す。

激痛。放出。震動。光。

アスファルトが割れ、ビルが崩れた。炎が舞い、結晶が弾けた。熱と光が交錯し、赤と青が乱舞する。意地と信念が激突し、怒りと歓喜がこぼれ落ちる。

蒼天は半ば茜に染まり、半ば藍色の深みを湛えていた。

互いに譲らぬ天空の剣が、その切っ先を主に向け続けている。

「やるじゃねえか！」

「あなたも！」

「だが足りねえ！」

「同感です！」

激突。

刃と拳が、「力」と「力」を纏い、真正面からぶつかり合う。そして、ただ解けるを良しとせず、そのまま押し合い、せめぎ合う。

再びの「力」比べ。外にもれ出た「力」の余波が、手負いの竜の如くのたうち回った。激怒しながら、笑いながら、辺りをずたずたに引き裂いていく。

そして、そんな周囲を見ようともせず、王たちは互いに歯を食いしばり、ギシギシと、前に、歩を進める。

二度目の拮抗は、一度目をさらに上回った。両王の中心に、空恐ろしい「力」が蓄積されていた。

が、二人はまだなお、互いに、押して、圧して、一ミリたりとも下がらない。しかし当然だ。

いまわずかでも「退け」ば、蓄積した「力」はすべてそちらに流れ込む。言ってしまえば、ポーカーだ。互いに相手を破滅させるべく、ひたすらに賭け金を上乗せ《レイズ》していく。自らの敗北など意識にも上らせず、ただ一心、純粋に、相手を打ち破らんとする。そして、圧倒せんと死力を尽くす二人の「力」は、皮肉なほど「ぴったり」と拮抗し続けていた。

それぞれの口から、獣のような唸り声がもれた。

拳を突き出す腕が震え、刃を支える手が痺れる。

同時に限界を迎えた。二人は、まるで示し合わせたかのように、最後の瞬間、前に出る。

破裂。

何もかもを灰燼に帰するが如き、「力」の奔流が猛り狂った。すべてを相手に向けていた王たちが、防御する間もなく奔流に呑まれて振り回された。

周防が火の粉を撒き散らし、宗像が青い結晶体を振りまきながら、二人は空を舞い、ドシャッと叩きつけられるように破壊された地面に落下した。

だが、それでも。

まだ、終わりではない。

「……ケッ」

と周防が立ち上がった。

「……フッ」

と宗像が起き上がった。

さすがにダメージは隠せないが、尽きぬ闘志が双眸を輝かせ、湧き出す「力」がオーラとなって全身を彩っている。

二人の表情は、拳と剣を交えるほどに、さらに冴え渡るかのようだった。周防の口元には獰猛な笑みが、宗像の口元には爽快な笑みが浮かんでいるが、どちらの笑みも負けず劣らず不敵この上ない。怒りを凌駕するほどの、痛快さが滲んでいる。

「マジにむかつくぜ」

「まったくですね」

「頭の線が切れそうだ」

「まだ繋がって？　冗談でしょう？」

周防がもう一度拳を握り締め、宗像が鋭くサーベルを振り払った。剝き出しの闘志がガツガツと額をぶつけ、譲れない信念が気炎を吐く。

「なあ、宗像。俺は、お前が、気にくわねえ」

「奇遇ですね、周防。まったくの同意見です」

「ひねり潰してやるよ」

「八つ裂きにして差し上げましょう」

「泣きっ面が、楽しみでならねえ」

「這いつくばる姿が、実に待ち遠しい」

二人はさも楽しげに言葉を交わした。炎と結晶が吹き乱れ、赤と青の花吹雪を作った。

周防が左手を突き出し、右腕を曲げつつ背後に引き絞る。宗像が切っ先を上に向け、自らと重ねるように刀身を垂直に立てる。

「行くぜ」

「来なさい」

ダンッ、と地軸を揺るがし、二王が駆ける。

二人の魂が、枷《かせ》を外され、飛躍する。

そのとき、

「――争える、陰陽《いんよう》の先、合《ごう》なるか――」


王たちの戦場に、ふわり、とした、詞が流れた。

どこかのどかな響きながら、その詞は「力」を秘めていた。荒れ狂う炎と結晶に、匹敵するほど強い「力」を。

激突寸前だった周防と宗像が、揃ってギクリと動きを止める。対峙してから初めて互いから視線を外し、鋭く首を巡らした。

征野と化した交差点に、一人の男性が佇んでいた。

和服に身を包み、ソフト帽を被り、鞘に収まるひと振りの日本刀を杖《つえ》のように突いた、たおやかな男。

仄《ほの》かな笑みを湛えるその佇まいは、仙境に遊ぶ賢人を思わせた。

しかし、男は賢人ではなく、「王」だった。その遥か頭上には、赤と青と同じ「力」を秘める、巨大な結晶体が浮かんでいる。

透き通った、色彩を持たない、《ダモクレスの剣》。

第七王権者──七王の最後の一人、無色《むしき》の王の証。

「初めまして。赤の王、周防尊。青の王、宗像礼司。私は、色を持たぬ王、三輪一言《いちげん》。七王の調停人です。黄金の王、國常路大覚の依頼を受け、遅ればせながら参上しました」

男──三輪は、微笑みながら言った。

「話し合えとは言いません。わかり合えとも言いません。ですが、各々《おのおの》矛を収めなさい。今日は、ここまで。もう、良いでしょう」

荒れ狂う何もかもを、まるで気にせず包み込む、どこまでも深い、豊かな声だった。若き王たちをにこやかに見守るような、穏やかで柔らかな、老成した響きがあった。

毒気を抜かれかけた周防と宗像が、ぽかんとしたのち、双眸を吊《つ》り上げる。

「おいっ⁉　引っ込んで──」

「失礼っ、下がりなさ──」

コツ、と。

声を荒らげる二王を余所に、三輪は、鞘に収まったままの長大な剣の先を、軽やかに、路面に鳴らした。

肩まで伸びる癖のある黒髪。その前髪の下から、すべてを見通すような眼差しが、周防と宗像に向けられている。

「いま、ここ、ではない。お二人の、『決着』は」

周防も宗像も、その瞬間の自らの精神が信じがたかった。だが確かな現実として、二人は共に、その言葉が「真実」であることを悟っていた。

そしてそのあとを追うようにして、頭の奥から「知識」が這い上がってきた。

第七王権者、無色の王、三輪一言。

黄金の王の懐刀たる彼の、その「力」は、予言。未来を見通す、超常の能力だ。

三輪の「力」は、およそ戦闘向きではない。周防にとっても宗像にとっても、脅威とはなり得ない王だ。

だが一方で、彼を黙殺することも——なぜか——できなかった。周防や宗像、あるいは國常路とはまた異なる、不可思議な存在感がある。そして、「力」を盾にしない物言いが、「力」に立脚する王たちの間に、反発や警戒を伴うことなくスルリと入り込んでくるのだった。

七王の調停人。

その名乗りが、妙に腑に落ちる。

「申し訳ないが——」

と、三輪が笑った。

修羅《しゅら》を封じる菩薩《ぼさつ》の笑み。その微笑には、周防と宗像、二人を足した以上に長い、生きた歳月

の「絶対」がある。

無色の王の別名は、「道化《どうけ》の王」。

道化ならばこそ、それぞれの譲れぬ意地を、あっさりと客観し、達観させ、微笑みと共に終息させる効能を持っているのだろう。

「迦具都の二の舞は、御《ご》免《めん》被《こうむ》ります。今日は、ここまで。よろしいですね？」


そうして――

幕は唐突に降りた。

それはまた、周防と宗像、赤の王と青の王の、煮え切らぬ「縁」の始まりでもあった。

10

翌日だった。

通称「御柱タワー」。その「石盤の間」に、三人の王が集っていた。

第二王権者、黄金の王、國常路大覚。

第三王権者、赤の王、周防尊。

第四王権者、青の王、宗像礼司。

また、周防には草薙が、宗像には淡島が、クランズマンとして同行していた。言うまでもなく、楽しそうでも、誇らしそうでもない。前者は、こんな場所に立たされる羽目に陥《おちい》るまでに自分が人生で幾つの過ちを犯したか数えるような表情を浮かべており、後者は、あからさまな警戒の眼差しを他の陣営に向けつつも緊張のあまり頭の中が真っ白になっているような顔色を見せている。

三人の王はそれぞれがそれぞれらしく、無表情、無関心、無感動と三拍子揃えて、三方向から向かい合っていた。周防など煙草を吸っている。草薙は極力、そちらを見ないようにしていた。

「事後の処理は、《非時院》が請け負う」

國常路の重々しい声が、「石盤の間」に響き渡る。

宗像が慇懃に頷き、周防はどうでも良さそうに鼻を鳴らした。淡島がじろりと周防をにらみ、草薙はアハハと愛想笑いを浮かべた。

「不満はあろう。だが、応じる気はない」

そう、國常路は傲然と断じる。

「また、此度《こたび》の件を『善悪』や『是非』で、裁くつもりはない。私は統治者であるかもしれんが、法官ではないのでな。……ただ、協定の盟主として、『決着』は付けさせてもらう。貴様たちは、それに従え」

最強と目される王の言に、草薙は首を竦め、淡島は唾を飲んだ。

周防が面倒そうに肩を竦めて、

「矢俣は赤《こっち》。ストレイン二人は、青《そっち》。話は聞いたし、もう応じた」

と、投げ槍にぼやいた。

矢俣たち三人の処遇に関しては、「石盤の間」に入るより前に、《非時院》の人間から國常路の決定を聞かされていた。いくら黄金のクランとはいえ、部外者に処遇を決定されるいわれはない——というのが《吠舞羅》や《セプター4》の本音ではあるが、國常路の言い渡した処遇は、それぞれ納得できる——少なくとも妥協できる——ものだった。

たとえば矢俣。どんな人間だろうと、仲間を売ることは《吠舞羅》には難しい。また、能力者の犯罪を取り締まる立場の《セプター4》としても、一クランがきっぱりとクランズマンの引き渡しを拒否した以上、協定を無視して事を強行することが——不可能ではないにしても——難しいのは確かだった。

矢俣は赤のクランが裁く。ごく妥当な決着だ。

一方、ストレイン二人が求めていたのは、《吠舞羅》入り以上に、生活の安定である。二人はまだ若い。ストレインとして《セプター4》から能力者として生きるための様々な情報を提供してもらえるのなら、無理に《吠舞羅》に入る必要はない。《セプター4》によって、登録、管理されるということは、見方を変えれば青のクランから一定の保護を受けられるということなのだ。

矢俣を《吠舞羅》に留め、ストレインたちを《セプター4》に引き渡す。特になんの捻りもない平凡な落としどころだからこそ、双方共に反発することなく、条件を呑んだのだった。

「これ以上、話すこともねえ。帰るぜ？」

煙草をくゆらせながら、周防はだるそうに言った。実際だるいのだろう。何しろ、昨日は明け方まで痛飲していた。彼らしからぬ、青の王への散々な愚痴と罵倒を、草薙はよく覚えている。

ただ――

気のせいか、苛立ち、鬱屈していた周防の影のようなものは、消え失せているように草薙には見えた。もちろん、一時的に隠れているだけかもしれないが、草薙はその点に関しては、前向きに捉えることにした。一件落着には相応しい、喜ばしい変化だと思う。

「……よろしいのですか？」

と宗像が発言した。周防にではなく、國常路にだ。

「我々に、なんのペナルティーもなしで？」

「何に対する罰則だ？」

「王権者同士の戦闘行為——王権暴発《ダモクレス・ダウン》の危険を招いたことに対するペナルティーです」

宗像の口調は慇懃だったが、それでいてどこか挑発的だった。周防が見るからに面倒くさそうな顔をし、草薙が探るような目を宗像に、次いで國常路に向けた。淡島は緊張の面持ちで、國常路の返答を待った。

しばらくの沈黙のあと、

「……王権者が何をどう為すべきかなど、私にもわからぬし、答えを求めるつもりもない。石盤に選ばれし者どもの所業を、それが為されたあとに断じたところで、意味はなかろう」

思いの外神妙な口振りで、國常路は宗像の問いに答えた。

ただ、そのあと続けて、

「ただし。一二〇《ヒトフタマル》協定では、徒に王が争うことを禁じている。そして、協定の盟主は、この私だ。その事実は、努々《ゆめゆめ》忘れるな」

ズシリと骨に響くような口振りだった。

草薙が顔をしかめ、淡島が背筋を伸ばす。

一方、周防はニヤリと唇を曲げ、宗像は平然と眼鏡の位置を正した。

「悪いが、気にくわないことがあると、忘れっぽくなってな」

「……納得できる間は、従いますよ。もちろん、何事にも『不測の事態』というものはあるものですが」

どうにも場を荒らさずには収まらなかったらしい。若い二人の王の反応に、それぞれの臣下は、頭を抱え、息を呑む。

しかし、國常路の反応は、哀れな臣下たちの悲観とは異なっていた。

太々しい微笑をのぞかせて、

「貴様等は、『王』だ」


とだけ応えた。

周防と宗像が怪訝な顔をする。

一方、草薙と淡島は、國常路の反応が穏やかなものであることに、よくわからないまま、ひとまず胸を撫で下ろした。

もちろん、このとき二人は、想像だにしていなかったのだ。今後二人の王が度々「忘れっぽく」なり、「不測の事態」が頻発することを。今回、破滅を覚悟し悲壮な決意を抱いた、頭上に剣を掲げての戦いが、これから先何度も何度も当たり前のように繰り返される——などということを。

草薙と淡島の二人が、このときの國常路の台詞に籠もる、ある種の達観を身に付けるのは、まだ少し先のことだった。

そして、結局その言葉を最後に、三人の王の会合は終了した。

石盤の歴史は、新たなページを恬然《てんぜん》と付け加える——

†

周防と宗像がそれぞれのクランズマンを連れて退席したのち、入れ替わるようにして、三輪が「石盤の間」に顔を見せた。

「終わりましたか」

そう話しかける三輪に対し、

「いや」

と國常路は真剣な面持ちで応えた。

どこか遠くを見る眼差しで、

「むしろこれが始まりだろう。やはり赤と青の因縁というものは、あるのだな」

と複雑な声音で言った。

「縁起でもない」

「事実だ」

「では、なお悪い」

そう言って、三輪が顔をしかめる。

「我々だけでは対処できないかもしれませんよ？」

「だとすれば、それが定めだ」

國常路の台詞に、三輪は表情を曇らせた。

黄金の王と無色の王は、過去の惨劇を経験している。止めようとし、止められなかった。協定の盟主として、七王の調停人として、互いに慚愧《ざんき》に堪えぬ思いがある。

また、

「あの二人の決着まで、おそらく、私はもたない」

三輪は静かにつぶやいた。

己の行く末をも見つめた、透徹した台詞だ。

三輪は眼差しを、國常路に向ける。対して、國常路は視線を返さない。しばし虚空を見つめたのち、その双眸を彼方の空に向けた。空に浮かぶ、もう一人の王に。

「そうだな。祈るか」

ぼそりとつぶやき、國常路が目を閉じる。

三輪は微かに笑み、盟主に従い、目蓋を下ろした。

†

ようやく暑気が和らいだ、晩夏の暮れのことだった。

待ち合わせた鎮目町の街角で、矢俣は、よ、と手を上げた。おせえよ、と道明寺。矢俣は、悪い、と笑いつつ、隣に並んで歩き出す。それから、半月ぶりの対面に、それぞれがそれぞれの近況を交わし合った。

矢俣は、夏に丸めた頭が、ぼちぼち様になり出していた。つい二日前に、また八田に殴られたこと。その後鎌本に笑われたことや、坂東に誘われ飲みに行ったこと。以前の取り巻き連中とも、最近また軽くつるんでいることを口にする。

道明寺の方はもっぱら、新しく入った同室の隊員の話題だ。歳は彼よりかなり上らしく、新設された《セプター4》では年長組に入るらしい。なかなかに渋く、また独特の味がある男のようで、人物像を語る道明寺の口振りは、いつになく熱が籠もっていた。前歴を聞けば、なんと板前だという。矢俣は笑い、なるほど興味深いと頷いた。

猥雑《わいざつ》な雑踏の中、街のＢＧＭに夏の終わりを告げる、ツクツクボウシの鳴き声が混じる。

矢俣と道明寺が言葉を交わすのは、追われ、歯向かった、あの夏の日から、これで二度目だ。

偶然街で鉢合わせ、ぎょっと立ち竦む矢俣に対して、道明寺が呆れるほど気さくに、

「あれ〜、あんた、確か――」

と声をかけたのがきっかけだった。

その後近くのコーヒーショップでアイスコーヒーをテイクアウトし、燦々《さんさん》と降り注ぐ陽光の下、木陰に身を寄せ、あのあとの話をした。そして、意外なほど打ち解け合って、再会の約束をしたのである。

その約束が、今日だった。

互いの立場は弁えているし、いざ《吠舞羅》と《セプター4》が衝突すれば、躊躇なく戦うの

は間違いない。

ただ同時に、互いの立場を離れたところでは、こんな風に軽口を叩けるつき合いもできていた。妙な気はするが、それはそれで面白い。後ろめたさも、まるでなかった。周防にしろ宗像にしろ、二人の交流を知ったところで、何を言うはずもないに決まっているのだ。

そもそも三度目があるとも思えない。道明寺の気まぐれが二回続く可能性は低く、矢俣も自分から次の約束を取り付けるつもりはない。これっきり。それぐらいが、多分、丁度良いのだろう。

人でごった返す鎮目町。軽装の人々が道を行く中、愚にも付かない話題を口にしながら、矢俣と道明寺は人波を泳ぐ。足取りは軽く、舌はほどよく滑り、自然と弾ける笑いが心地よい。

ところが、あるとき、

「なにぃ⁉」

と、突然道明寺が、頓狂《とんきょう》な声を上げた。

矢俣が顔をしかめ、道明寺を見る。それから道明寺の視線を辿り――マジか、と全身を硬直させた。

宗像だ。

いまいち冴えない私服姿の青の王が、二人が行く先の信号を、いままさに横切ろうとしていた。まさかこんなタイミングでニアミスするとは。道明寺が苦笑いを浮かべ、矢俣は笑うに笑えない。

すいっ、と視線を逸らした矢俣が――またしても、目を剝いた。

宗像が渡ろうとしていた、信号の先。

くわえ煙草の、周防がいた。

矢俣は硬直。道明寺も遅れて気付き、嘘だろ、とわかりやすく顔に出した。

そして、二人が唖然と見守る先で、宗像が周防に、周防が宗像に、気がついた。

その瞬間、互いが浮かべた表情たるや、二人の緊張が高じ、転じて吹き出すのを堪えねばならないほどだった。

宗像と周防は、なんという運の悪い日だと精一杯嘆く様子で、苛々と信号を渡る。そっぽを向きながら、近づき、すれ違い、互いに背中を向け合った瞬間、さも忌々しげに――ただ、驚くほど同じタイミングで――舌を鳴らした。そして、そのまま振り返らず遠ざかっていった。もし、それぞれのクランズマンが王に同行していたなら、数秒の間に何年か分の寿命を縮めたに違いなかった。

矢俣と道明寺は足を止めたまま、各々の王の背中が、人波に消えるまで立ち止まっていた。

そして、ふう、と息を吐き、顔を上げて見合わせ――

堪えきれずに、笑い声を上げた。

相容れぬ、敵同士。

なんとも仲良く、ゲラゲラと笑い合った。

この作品は書き下ろしです。

著者紹介

あざの耕平《こうへい》（GoRA《ゴーラ》）

徳島県出身。1999年、『神仙酒コンチェルト』で文庫デビュー。代表作に『Dクラッカーズ』『BLACK BLOOD BROTHERS』『東京レイヴンズ』（いずれも富士見ファンタジア文庫）などがある。TVアニメ『K』の原作・脚本を手がけた7人からなる創作者集団GoRAのメンバーの一人。

Illustration

鈴木信吾《すずきしんご》（GoHands《ゴーハンズ》）

アニメーション制作会社GoHands所属。数々のアニメーションの制作に携わり、劇場作品『マルドゥック・スクランブル』シリーズ三部作、『Genius Party「上海大竜」』、TVシリーズ『プリンセスラバー!』でキャラクターデザイン、総作画監督をつとめる。2012年、ＴＶアニメ『Ｋ』の監督、キャラクターデザインを手がけた。

講談社BOX

KODANSHA BOX

K R:B《ケー アール ビー》

定価はケースに表示してあります

2015年9月16日 第1刷発行

著者 ── あざの耕平《こうへい》（GoRA《ゴーラ》）

© KOUHEI AZANO/GoRA・GoHands/k-project 2015 Printed in Japan

発行者 ─ 鈴木　哲

発行所 ─ 株式会社講談社
東京都文京区音羽2-12-21　郵便番号 112-8001
編集 03-5395-4114
販売 03-5395-5817
業務 03-5395-3615

印刷所 ─ 凸版印刷株式会社

製本所 ─ 株式会社国宝社

製函所 ─ 株式会社岡山紙器所

ISBN978-4-06-283886-3　N.D.C.913　260p　19cm

落丁本・乱丁本は購入書店名を明記の上、小社業務あてにお送り下さい。送料小社負担にてお取り替え致します。

なお、この本についてのお問い合わせは、文芸第三出版あてにお願い致します。

本書のコピー、スキャン、デジタル化等の無断複製は著作権法上での例外を除き禁じられています。

本書を代行業者等の第三者に依頼してスキャンやデジタル化することはたとえ個人や家庭内の利用でも著作権法違反です。

人気アニメ『K』、
その知られざるオリジナルストーリーが、
『K - Lost Small World - 』――壁井ユカコ (GoRA)
Illustration 鈴木信吾 (GoHands)
『K R:B』――あざの耕平 (GoRA)
Illustration 鈴木信吾 (GoHands)
絶賛発売中!
講談社BOX
©GoRA・GoHands/k-project

K
Kシリーズ好評既刊

『K SIDE:BLUE』 古橋秀之 (GoRA)
Illustration 鈴木信吾 (GoHands)

『K SIDE:RED』 来楽 零 (GoRA)
Illustration 鈴木信吾 (GoHands)

『K SIDE:Black & White』 宮沢龍生 (GoRA)
Illustration 鈴木信吾 (GoHands)

KODANSHA BOX最新刊

人気アニメ『K』、原作者GoRA × GoHandsオリジナルノベライズ、待望の〈第5弾〉!

あざの耕平(GoRA《ゴーラ》)　Illustration 鈴木信吾(GoHands《ゴーハンズ》)

K R:B

ハイジャック事件をきっかけに青の王となった宗像礼司《むなかたれいし》は、瞬く間に《セプター4《フォー》》を掌握《しょうあく》。違法をなすストレインの取り締まりを積極的に開始した。
一方、周防尊《すおうみこと》を王とする《吠舞羅《ほむら》》は、鎮目町《しずめちょう》を舞台に勢力を拡大していた。だが、その急激な組織の拡張は、街に軋轢《あつれき》を生み始め、周防は苛立っていた。
赤の王と青の王。彼らの邂逅《かいこう》は予期せぬ災厄《バトル》を呼び、鎮目町の上空に二つの大剣が浮かび上がる——。二王の修羅道が、ここに始まる!

講談社BOXは、毎月"月初"に発売!

お住まいの地域等によって発売日が変わることがございます。あらかじめご了承ください。

売り切れの際には、お近くの書店にてご注文ください。